Efetivo Variável

Jessé Andarilho

Efetivo Variável

Copyright © 2017 by Jessé da Silva Dantas

Grafia atualizada segundo o Acordo Ortográfico da Língua Portuguesa de 1990, que entrou em vigor no Brasil em 2009.

Capa
Alceu Chiesorin Nunes

Foto de capa
Fernando Bueno/ Getty Images

Preparação
Julia Passos

Revisão
Adriana Bairrada
Arlete Sousa

Os personagens e as situações desta obra são reais apenas no universo da ficção; não se referem a pessoas e fatos concretos, e não emitem opinião sobre eles.

Dados Internacionais de Catalogação na Publicação (CIP)
(Câmara Brasileira do Livro, SP, Brasil)

Andarilho, Jessé
    Efetivo Variável / Jessé Andarilho. – 1ª ed. – Rio de Janeiro: Alfaguara, 2017.

    ISBN: 978-85-359-3003-0

    1. Ficção brasileira I. Título.

17-07642   CDD-869.3

Índice para catálogo sistemático:
1. Ficção : Literatura brasileira   869.3

[2017]
Todos os direitos desta edição reservados à
EDITORA SCHWARCZ S.A.
Praça Floriano, 19, sala 3001 — Cinelândia
20031-050 — Rio de Janeiro — RJ
Telefone: (21) 3993-7510
www.companhiadasletras.com.br
www.blogdacompanhia.com.br
facebook.com/alfaguara.br
twitter.com/alfaguara_br

Efetivo Variável

1

Eu estava de boa na guarda. Meu posto era no portão das armas, aquele que fica na entrada principal do batalhão, o melhor lugar pra tirar serviço quando se está pernoitado, porque é onde fica o pessoal do pronta resposta. Eu lá cheio de sono, de repente meu amigo veio correndo, com os olhos esbugalhados, dizendo ter visto a assombração do soldado que se matou no ano anterior.

Eu sabia que ia dar merda ele ter abandonado o posto. Assim que o sargento-comandante se levantou pra ver o que estava acontecendo, sugeri trocar de lugar com o cara. Foi desse jeito que parei de sentinela lá na lixeira, o pior posto do batalhão.

Desci a rampa correndo com meu fuzil cruzado no peito e entrei no matagal. Cheguei na maior atividade. Também morro de medo de fantasma. Fiquei imaginando várias coisas pra distrair a mente, pra não pensar na alma do cara. Me preparei pra tocar uma punheta, mas não tive imaginação suficiente pra me excitar naquela situação. Tentei ficar rimando sozinho, mas só conseguia andar de um lado para o outro.

Depois de quase uma hora, vi um vulto se aproximando pelo cantinho do muro. Já era madrugada e meu sono tinha ido embora de vez. Me abriguei atrás de uma árvore e gritei, mandando ele parar e dizer a senha. Ele continuou vindo na minha direção.

Com sangue nos olhos, dei um golpe no fuzil e mandei ele deitar no chão. O cara achou que eu estava de brincadeira, mas quando viu o tirão que dei para o alto, se jogou no mato e começou a pedir pelo amor de Deus não me mata.

Naquele momento percebi que era o sargento Vieira e me lembrei de todas as humilhações que ele fez a gente passar no período de recrutamento. Decidi mostrar que coração de homem é terra onde ninguém anda e fiz o cara rolar de um lado para o outro, gritando a senha e a contrassenha. Fingi que nem escutei. Mandei ele encostar a cara no mato, os braços na cabeça. Ele ficou na dele, mas quando percebeu que o oficial do plantão estava se aproximando, acompanhado do comandante da guarda e dos soldados que estavam de pronta resposta, tentou se levantar, mas tomou uma coronhada tão forte na cabeça que só acordou na enfermaria, duas horas depois.

O tenente me deu ordem de prisão, e acho que foi assim que as coisas começaram a dar errado na minha vida.

Tudo começou no alistamento militar obrigatório, quase um ano antes. Cheguei meia-noite e já havia três conscritos na fila. Estava quente e o céu bastante estrelado, do jeito que eu gostava na época em que viajava com a mochila nas costas e o violão na mão pelas praias desse Brasil.

Perguntei quem era o último da fila e o gordinho riu, dizendo que era eu. Pensei numa resposta malcriada, mas achei melhor interagir e deixar pra sacanear o próximo. Foi então que alguém sugeriu montar uma numeração, pra gente não ter que ficar toda hora se preocupando com quem era o último. Tirei um caderno da mochila e fizemos uma sequência de números para distribuir para quem chegasse depois.

Passamos a noite toda organizando a bagunça, já que não tinha nenhum soldado para ajudar. Quando chegava alguém muito desorientado, a gente mandava subir numa rampa que tinha formato de caracol. Lá em cima, o sujeito tinha que bater bem forte no portão e chamar um tal cabo Jorge, pois era ele quem distribuía a senha da ordem de chegada.

Essa história do cabo Jorge é bastante conhecida por quem já passou pelo processo de alistamento. Muitos já sabiam dessa lenda, só os mais caseiros e menos informados não conheciam a pegadinha. No início da brincadeira, os caras ficavam uma fera quando todo mundo ria deles, mas logo relaxavam ao ver outros sendo sacaneados também. A zoação maior sobrava pra quem chegava com os pais, com esses a gente implicava a noite toda.

A brincadeira acabou quando o dia amanheceu e chegou um sargento para pôr ordem naquilo. A primeira coisa que ele fez foi perguntar quem era o responsável por controlar a fila. Me apresentei e disse que tinha distribuído números da ordem de chegada para facilitar o trabalho dele. Minha organização me rendeu alguns elogios e uma promessa de ser atendido de acordo com minhas exigências, que era ser dispensado do serviço militar. Mas quando fui chamado, disseram que eu era um refratário, e refratário não tinha direito de escolha.

Refratário é quando a pessoa se alista depois do tempo previsto pelas Forças Armadas. Eu me alistei no ano seguinte ao que seria o normal para minha idade. Até tentei ir no ano certo, mas quando cheguei na Regional já era o último dia, estava lotado de gente, o sol queimava demais e achei que não haveria problema em voltar no outro ano.

Sendo assim, tive que servir ao meu país e prestar pelo menos um ano de serviço militar no Exército Brasileiro.

Marcaram um dia pra gente se apresentar no Batalhão de Engenharia Villagran Cabrita, onde, depois descobri, ficava a antiga fazenda imperial, em Santa Cruz. Chegando ao batalhão, começaram todos os tipos de ofensas desnecessárias. Não que alguma seja, mas xingar um árbitro de futebol ou um motorista que avança o sinal vermelho é até aceitável.

Mocorongo, lixão, cabeçudo, conscrito de merda, porco, sem noção e outras coisas faziam morada em nossos ouvidos. Mesmo sem saber o que era mocorongo, eu ficava com muita raiva quando era chamado daquilo. Mas tinha que aceitar, pois os caras estavam acima da lei e não fazíamos ideia do que viria pela frente.

Fizemos alguns testes, ficamos pelados enquanto analisavam nosso corpo e manjavam nossa rola, e mandaram a gente se apresentar sem barba e de cabelo cortado numa próxima data. Achei a maior sacanagem, mas os caras estavam com um fuzil na mão, e na favela em que eu morava o que os moços de fuzil falavam era lei. Então respeitei e me desfiz do bigode que tinha cultivado durante cinco anos.

De barba feita, cabelo cortado e sem vontade alguma, me apresentei com meu kit higiênico, tênis de correr, calça jeans e camiseta branca. Entrei por um portão de grades azul-turquesa, onde tinha um sentinela portando um fuzil 7,62, farda camuflada, cara de sono e rosto cheio de olheiras e remela.

Do lado direito do portão tinha uma guarita, um caixote de areia e um banco de ardósia com aproximadamente oito soldados sentados, apoiados em seus respectivos fuzis.

— Aí, se liga só. É um desse aí pra cada um. Não vejo a hora de pegar o meu bico! — disse um dos conscritos que estava ao meu lado.

— Tá maluco, cara? Tu nem chegou no quartel e já quer pegar um fuzil.

— Tô mermo, rapá. Tu acha que eu tô aqui por quê?

Achei melhor não prolongar a conversa. Me concentrei no que o cabo e o sargento falavam. Foi nessa hora que dividiram os grupos por companhia e foi assim que eu fui parar na CEP (Companhia de Engenharia de Pontes), A Gloriosa, como eles chamavam.

Chegando à CEP, encontrei alguns amigos que já estavam servindo lá havia algum tempo. Uns tinham acabado de se tornar soldados NBS (Núcleo Base). Outros já eram mais antigos. Uns me cumprimentaram, outros mantiveram a postura de mau, mas vi que me olhavam de forma amistosa. Fiquei de boa e não demonstrei alegria por encontrá-los ali numa situação melhor que a minha.

O subtenente distribuiu os uniformes e nos disse como chamava cada um. Pra educação física, por exemplo, era o 5º A — short verde, camiseta branca, meia branca e tênis preto. Em seguida, mandou a gente arrumar nossos armários com as coisas que havíamos recebido para começar as atividades.

A nossa companhia nos dividiu em dois grupos: Foxtrote, que era o meu, e o Eco. Só depois entendi que esses nomes eram por causa do alfabeto falado, criado pelo Exército americano, e hoje em dia usado por vários profissionais, como pilotos de avião, policiais e operadores de telefonia, para ajudar no entendimento das letras.

Nossos grupos, então, eram o E e o F. As outras letras ficaram para as companhias lá de cima do batalhão. A CEP era a única que ficava isolada na parte de baixo do quartel, onde viveram as pessoas escravizadas na época da fazenda imperial. Dizem que eles eram castigados justamente no lugar onde ficava nosso alojamento.

Minha companhia era a que fazia o trabalho pesado, a que estava sempre à frente nas batalhas. Nas guerras, é a Engenharia que abre caminho para a Artilharia e as outras armas chegarem ao terreno inimigo. A nossa missão era construir pontes e estradas nas incursões do Exército Brasileiro.

Eram pontes de verdade. Me lembro muito bem de como eram pesadas as peças que a gente carregava. Vira e mexe lá estávamos nós em eventos em que o general solicitava pontes que serviriam de palco para desfiles e formaturas em diversos batalhões.

As peças eram tão pesadas, mas tão pesadas, que precisava de dois soldados para carregar uma caixa de parafusos. O mesmo com o pranchão, que era a peça mais leve da ponte. A peça mais pesada era a famosa Vigota. Eram necessários uns dezesseis homens ou mais para transportá-la.

No começo, confesso que fiz corpo mole pra não carregar peso. Depois, descobri que minha malandragem não estava prejudicando o Exército, mas afetando diretamente meus companheiros, que sofreram comigo desde o início.

Me lembro como se fosse hoje das frases que ouvíamos antes de empunhar as peças pra levar até o local onde a ponte seria montada. Ou para colocá-las nos caminhões que faziam o transporte para outros batalhões ou para missões reais.

— Atenção, soldados. Ao braço… Firme! — diziam os sargentos, com a voz grossa, enquanto nos preparávamos para levantar o peso até a altura dos braços.

Em seguida, já com a peça empunhada e o corpo ereto, vinha outra ordem de comando:

— Atenção, soldados. Ao ombro… Firme!

Todos nós jogávamos o peso para o alto e encaixávamos a peça em nossos ombros, para enfim levá-la ao local onde seria usada.

Essa era a nossa missão no Exército Brasileiro. Aprender a montar pontes de guerra, fazer manutenção nas armas de fogo, marchar, tirar serviços na guarda e saber conviver com a hierarquia.

2

A primeira coisa que se aprende na vida militar é a hierarquia. Ela é empurrada pra dentro da nossa cabeça, de forma que você é sempre o subalterno e eles, os caras. A segunda coisa é a ordem unida, que são os elementos de formação da tropa. Mas para mim, "sentido" não fazia sentido, "descansar" não descansava e "ordinário marche" era pra marchar igual a ordinário, pra lá e pra cá.

Como eu estava disposto a passar aquele ano sem arrumar confusão com ninguém, decidi fazer daquilo um teatro, de acordo com o que eles mandavam. Encarei a ordem unida como uma dança. Se os caras mandavam pular, eu pulava. Se a ordem era "sentado-um--dois", eu fazia de boa. O chato era quando a gente tinha que repetir as canções e as frases enquanto marchávamos em volta do quartel, debaixo de sol quente, e ainda por cima cheios de roupas, ou melhor, de fardas. Uma tortura. Marcha para ir ao banheiro, marcha pra almoçar, marcha para chegar no quartel e marcha pra ir embora. No quartel não se anda. Ou você corre, ou marcha. O problema nem era ter que marchar. O que me dava nos nervos era ter que tentar rachar o chão com nossas pisadas.

— Soldado não desfila, quebra o chão quando marcha!

— Soldado não corre, estremece o chão quando passa!

— Um, dois — eles diziam.

— Três, quatro — a gente respondia.

E ficávamos nessa brincadeira o dia todo, aprendendo a marchar alinhado e a fazer outros movimentos da ordem unida.

Os sargentos viviam gritando em nossos ouvidos. O terror psicológico era tanto que, quando eu chegava em casa e deitava no tapete da sala da minha mãe, cochilava e sonhava com a sessão de tortura mental e corporal pela qual passávamos todos os dias.

No primeiro dia de TFM (Treinamento Físico Militar), chegamos na CEP e tinha um aviso no QTS (quadro de trabalho semanal) dizendo para colocarmos o 5º A. Coloquei o uniforme, que por sinal era o que eu mais gostava de usar, já que o clima de Santa Cruz é bastante quente, e fiquei esperando ser solicitado. Enquanto isso, conversava com o Paulo Souza, meu amigo desde a época da pichação.

Fomos ordenados para entrar em forma, igualzinho a gente fazia no colégio. Um atrás do outro, só que na escola ficávamos do menor para o maior e, no quartel, era do maior para o menor. Os baixinhos ficavam escondidos no final da tropa. Eu achava que era para mostrar poder. Com os maiores desfilando na frente, pareceria que a tropa era forte e valente.

Wesley era o menor de todos. O menor e o mais engraçado. Vivia fazendo graça lá atrás. Era o famoso tipo "moita". Os moitas são os recrutas que não aparecem de forma alguma. Ficam na deles e, assim, não são chamados para participar de nenhuma sessão de tortura nem de nada.

Naquele dia, fizemos alongamentos, flexões, polichinelos e outros exercícios até começarmos a correr. Eu não estava acostumado a fazer atividades físicas. Parei de jogar futebol com catorze anos porque achava que as meninas não gostavam de homens suados. Por esse motivo, larguei os esportes e me dediquei a andar bonito e cheiroso, sem suar para ser sensual.

Eu até conseguia fingir na hora das flexões e das abdominais, mas na hora da corrida... A primeira volta em torno do batalhão foi até razoável, mas quando o capitão esticou pra mais uma, tremi na base. Naquele sol forte, o cara só podia estar de sacanagem. Dar mais uma volta não era coisa de Deus. Mas não tive pra onde correr, ou melhor, tive sim — correr pra frente e fazer o que ele queria.

Cambaleando, mas seguindo a tropa, encarei mais uma volta imaginando chegar à sombra das árvores da praia de Provetá, em Ilha Grande, como eu fazia quando vinha da trilha do Aventureiro, depois de tomar uma ducha no Bicão.

Meu delírio me inspirou e foi talvez o que mais me motivou na hora em que chutei o balde. Percebi que o capitão, só porque era atleta do Exército, esticou a tropa para mais uma volta. Nem quis saber. Vi que alguns recrutas já haviam ficado pelo caminho. Aproveitei e fiz igual. Me joguei na sombra daquela árvore, como eu havia planejado, e em pensamento mandei o capitão ir pra tudo que era lugar. Deitei e respirei. Só fiquei preocupado quando vi alguns sargentos se aproximando com um caderninho, anotando o nome dos recrutas caídos pelo chão. A solução que me veio na hora foi colocar o dedo na goela e forçar o vômito para ser socorrido em vez de anotado.

Os sargentos chamaram a ambulância do quartel e me levaram para a enfermaria, "o céu do batalhão". Ar-condicionado. Como foi bom respirar aquele ar gelado, beber água fresca e receber tratamento especial. Lembrei do meu acidente de moto há cinco anos, quando quase morri, e acredito que só me recuperei por causa das muitas orações, rezas e da minha vontade de viver. Percebi que precisava daquela mesma vontade para encarar o ano que vinha pela frente.

Depois do almoço, tentei cochilar ou torar, como dizem no quartel, mas o capitão entrou no nosso leito, falando com a voz serena de um tiro de fuzil 7,62.

— Quem não quiser ficar aqui, não precisa ficar. Pede pra sair que eu dou um jeito. Se vocês acham que a melhor forma de encarar a vida é se jogando na sombra das árvores, vou falar só mais essa vez: Não aguenta, PEDE PRA SAIR!

— Capitão... — tentou dizer o Wesley, fazendo cara de doente.

— Não me interrompa, recruta. Quando o corpo não aguenta, a moral é o que sustenta!

E, ao terminar a frase, olhou bem pra mim e balançou a cabeça de um lado pro outro. Pela primeira vez na vida, não tentei justificar meu fracasso. Não quis colocar a culpa em situações adversas. Calei e aceitei a ideia. Percebi que eu não era pior do que ninguém ali. Fiquei com uma raiva imensa. Não era raiva do capitão, tampouco de mim ou do meu sedentarismo, mas da situação em geral.

Fui pra casa e fiquei pensando naquelas palavras e em como a minha vida estava. Eu nunca tinha desistido de nada. Mesmo não querendo estar naquele lugar, eu não queria carregar comigo o peso de ter sido desligado do quartel por fraqueza ou incapacidade.

No dia seguinte, fui o primeiro a chegar. Arranquei os pelinhos que sobraram da minha barba, engraxei meu coturno e comi o cuscuz amarelo que minha mãe tinha colocado na mochila, junto com uma garrafa de guaraná natural. Foi uma alegria só. Naquele dia, o capitão poderia mandar a gente dar até dez voltas no batalhão que eu estava pronto.

Mas o capitão fez vista grossa para os recrutas que foram para a enfermaria no dia anterior e mandou os sargentos nos ensinarem os movimentos da ordem unida para a formatura com o coronel, na próxima sexta-feira. Formatura para mim eram aqueles eventos em que eu ia de vez em quando, geralmente no final do ano. No quartel, formatura é simplesmente o ato de juntar os militares em fila: formatura pra almoçar, formatura na hora de chegar, formatura pra ouvir as instruções, formatura pra tudo. O capitão queria que a gente estivesse pronto pra fazer bonito na frente do coronel.

Não deu outra. Depois de muito treino debaixo de sol forte, a nossa companhia chegou causando frisson. As batidas com os coturnos no chão levantaram poeira. Todos que assistiram à nossa chegada ficaram abismados com a raça e a bravura na hora de marchar. Gritamos as canções puxadas pelo capitão como se fossem um pedido de socorro que fazíamos a nós mesmos. Marchamos e fizemos as ordens unidas numa sintonia jamais vista naquele quartel. Ninguém queria ficar até depois do expediente treinando a ordem unida de novo.

Fomos pra casa e tivemos um final de semana de descanso, pois na próxima segunda-feira começaria o internato. Isso mesmo, teríamos que ficar isolados no quartel durante duas semanas, aprendendo as instruções de guerra, treinando ordem unida e fazendo exercícios.

3

Mochila pesada com várias cuecas e meias brancas, kit higiênico e algumas guloseimas escondidas no fundo falso. Deixamos nossas almas em casa e levamos nossos corpos para o quartel. Esperando pelo pior, passei por aquele portão já querendo sair.

Em fila, entramos no batalhão escutando gritos:

— Carne nova no pedaço!

— Aquele branquinho magrelo é meu!

Alguns recrutas como eu se revoltaram com a situação. Logo começou o zum-zum-zum entre nós. Dissemos que não aceitaríamos covardias e vacilos com a nossa tropa. Prometemos proteger uns aos outros. Se desse merda pra um, daria pra todos.

Chegamos à companhia e tivemos vinte minutos para desfazer nossas malas e estar em forma com o uniforme 4º B1, que era calça, camiseta e boné camuflados, coturno preto e meia e cinto verdes.

Quando faltavam dois minutos para entrarmos em forma, chegou o sargento Vieira, um cara que tinha quase a metade do meu tamanho, mas com a marra de um Golias. Entrou no nosso alojamento e começou a gritar no nosso ouvido:

— Só quero o último, hein. Somente o último!

As palavras do sargento travaram os cérebros de alguns recrutas. Eu, graças a Deus, consegui me arrumar bem rápido. Tinha saído de casa usando a meia verde que fazia parte do uniforme, e com isso ganhei algum tempo na troca de roupa. Alguns amigos já tinham me dado um bizu sobre o que acontecia no internato, por isso acho que consegui me sair bem.

Os cinco últimos tiveram que pagar vinte flexões para os sargentos, e o último recruta teve que pagar cinquenta e ainda saiu do alojamento direto para o lago. O sargento Vieira não aliviou. Mandou o recruta sair em disparada na direção do lago, que ficava mais ou menos a uns cem metros à esquerda da CEP, e disse que era pra ele se jogar com roupa e tudo. O cara voltou correndo todo molhado, e o sargento disse que fez aquilo para ficar de exemplo, pois um soldado lerdo pode prejudicar toda a tropa.

Achei aquilo uma tremenda babaquice. Se o cara combinou dez minutos pra trocar de roupa, não importa se o recruta foi o primeiro ou o último a ficar pronto. Sempre terá alguém que vai ser o último. Não precisa esculachar a pessoa por isso. Para piorar a situação, o sargento Vieira levou o recruta todo ensopado para o campo de areia e falou pra ele rolar de um lado pro outro, enquanto gritava:

— Rola pra lá, rola pra cá, macaco à milanesa!

Não achei nenhuma graça. Tinha uma galera rindo do amigo enquanto ele se ferrava. Preferi não me aborrecer com o pessoal que ria da bobeira do sargento. Fiquei na minha posição de descansar, como toda a tropa.

Depois que o showzinho acabou, o sargento Vieira chamou o recruta molhado para perto de nós. Só aí consegui ver que era o meu amigo Paulo Souza. Minha indignação aumentou, mas eu não podia fazer nada naquele momento. O sargento mandou ele ficar de frente pra gente enquanto zombava dele.

— Sabia que você é muito feio, recruta? Você parece até aquele cara da televisão. O tal do Bozó, Soró, sei lá. Acho que vou te chamar de Soró daqui pra frente, tudo bem?

— Sim, senhô — respondeu o Paulo Souza, os olhos cheios de água e areia.

— Isso é pra vocês verem que aqui não é brincadeira, não é a escolinha da tia Teteia. Vá trocar de roupa, Soró.

Enquanto o Paulo Souza foi se trocar, chegaram mais dois sargentos recém-formados. Ficaram à nossa volta, e o que estava na nossa frente deu a ordem:

— Para flexão, um, dois…

Se jogou com as mãos no chão e ficou pronto para iniciar os movimentos.

— Três, quatro… — respondemos e imitamos a posição do sargento.

— Em cima, embaixo, um. Em cima dois, três, quatro, cinco...

Fizemos umas quarenta flexões, até o sargento se cansar e se levantar dizendo:

— De pé um, dois!

— Três, quatro...

— Frente para a retaguarda!

Saltamos girando pelo lado direito e gritamos o nome da companhia enquanto estávamos no ar. Outro sargento já nos esperava sorrindo e berrando:

— Recrutas, para a flexão, um, dois...

Dissemos "três, quatro" e começamos mais uma sequência de exercícios, até esse sargento se cansar também. Como já era esperado, depois de quarenta repetições ele fez o mesmo que os outros: mandou a gente virar de frente para o próximo sargento, e assim sucessivamente, até os quatro se cansarem.

O surpreendente aconteceu no final. O soldado Félix continuou na posição de flexão e deu uma canseira nos quatro sargentos que comandavam nosso recrutamento. Depois de ter feito todas aquelas repetições com a gente, ele ainda aguentou mais quatrocentas sem parar. Conseguiu fazer mais flexões do que todos já tinham visto, levando geral da companhia a se oferecer para treiná-lo para a competição do soldado com a melhor aptidão física do batalhão.

Chegou a hora do almoço e fomos liberados para enfim pegar nossas bandejas. Minha barriga já emitia sons tão altos que até o Wesley, o último da tropa, escutava os roncos. Entramos em fila e, pela primeira vez, saímos da companhia em direção à parte superior do batalhão sem marchar. O sargento que nos levou foi bem tranquilo. Parecia que nem estava aí pra gente. Deu o comando para seguirmos caminhando em forma e em silêncio. Quando chegamos perto do refeitório, vimos todas as companhias aguardando a liberação para entrar no rancho pro almoço.

A nossa companhia foi a última a ser liberada pra comer. No quartel tem uma bobeira de classificação por antiguidade. Tudo é motivo de antiguidade.

Como as companhias lá de cima tinham números menores, a CEP era considerada a mais *moderna* (o que quer dizer "nova"). A numeração dos militares segue uma ordem que vai além da patente: ano, companhia e ordem alfabética. Os soldados da mesma companhia são mais antigos ou mais modernos de acordo com a letra do alfabeto. O soldado Abreu era mais antigo que o soldado Zé, por exemplo.

Enfim, chegou nossa vez de comer. Parecia que pelo menos naquela hora, depois de ter fritado a moleira no sol forte, teríamos paz.

— Boa tarde! — eu disse pro cabo que colocava o feijão na minha bandeja.

— Boa nada. Tu tem mais é que se foder — respondeu, colocando menos de meia concha pra mim. — Vamos lá, recruta, anda logo. Não tenho tempo pra ficar olhando pra essa sua cara feia.

— Sim, senhor!

— Senhor tá no céu.

Fiquei com vontade de jogar o feijão com bandeja e tudo na cara dele. Mas a cadeia do quartel devia ser pior do que aquela comida. Respirei e fui na direção do soldado antigo que servia o arroz. O cara percebeu minha revolta e disse:

— Colé, recruta, esquenta a cabeça não. Depois essa parada passa e geral vira amigo. Toma aqui mais arroz.

Eu nem disse obrigado por temer a reação do cabo ou do meu sargento, pois poderiam achar que o cara estava me ajudando. Balancei a cabeça e abri meio sorriso em forma de gratidão.

Avancei na fila com os olhos cheios d'água. O cara que servia carne moída também me deu moral e caprichou na porção. Fui até o panelão onde tinha o mate e enchi minha caneca. Nunca gostei muito, mas com a sede que eu estava, aquele mate geladinho parecia até suco de amoras incandescentes, como dizem meus amigos Marcelo Todiboa e Rafael Leão.

— Quero todo mundo coladinho, cotovelo com cotovelo e bandeja com bandeja! — gritou o sargento.

Assim foi meu primeiro almoço no quartel. Qualquer coisa que a gente fizesse era na base do esculacho. Acabamos de comer, lavamos a bandeja e voltamos caminhando para a nossa companhia.

Depois de todo aquele estresse, voltei para a CEP mais tranquilo, doido pra tirar minha hora de almoço, mas nada aconteceu como planejei. O sargento Vieira nos levou para trás da companhia e colocou a gente pra treinar a ordem unida debaixo daquele sol quente dos infernos. Tivemos que colocar o uniforme de formatura e ficar fazendo "Sentido, direita-volver" e outras acrobacias militares.

Tudo aquilo poderia ser mais simples se não fossem alguns recrutas. Não sei se por medo ou por falta de coordenação motora, quando o sargento dava a ordem para virarmos para a direita, os caras viravam para a esquerda; quando era pra ficar na posição de sentido, uns faziam a posição de descansar, e com isso a gente se cansava mais e mais.

Teve um recruta que me deixou com muita raiva. O nome dele eu não esqueci mais: soldado Madeira. O sargento percebeu que ele errava toda hora, e só de sacanagem tirou o cara de forma e colocou a gente pra fazer duzentos polichinelos para compensar a idiotice dele. Não teve ninguém que não sentiu vontade de esganar o sujeito. Até eu, que levo tudo na esportiva, fiquei puto com o cara. Mas logo percebi que a culpa não era daquele pobre recruta, e sim do ridiculão que colocou o nome dele na lista dos que iriam servir naquele batalhão. Tanta gente boa com vontade de servir, e o recrutador coloca uma pessoa que nem coordenação tem. O Madeira parecia aquelas velhinhas na missa que batem palma fora do ritmo e atrapalham as músicas na igreja.

Meu corpo não aguentou tanto esforço após a refeição. Coloquei o arroz com a carne moída todo pra fora. Dessa vez não provoquei, veio naturalmente. Não sei se por nojo do meu vômito, ou se também tinha sido afetada pelo sol, mas quase toda a tropa vomitou.

Logo depois de mim, geral se jogou no chão. O sargento Vieira ficou sem saber o que fazer. Desesperado, levou a gente para o alojamento, onde ficamos a tarde toda descansando. Aquilo foi parar nos ouvidos do capitão que comandara a nossa companhia, e dava pra ouvir os esporros que ele dava no sargento lá de dentro. A gente não sabia se comemorava ou se temia o que ele poderia fazer pra se vingar.

Por volta das quatro e meia da tarde, outros dois sargentos entraram no nosso alojamento, mandaram a gente ficar de pé em frente às nossas respectivas camas, enquanto eles passavam em volta da gente se apresentando e dizendo que comandariam a nossa tropa a partir daquele momento.

Um deles era o sargento Eduardo, ex-soldado paraquedista que estava no nosso batalhão aguardando uma vaga para voltar a trabalhar com os PQDs. O outro era o sargento Fabiano. Ele entrou nas Forças Armadas empolgado pelos filmes de guerra que assistia na TV. Queria viver perigosamente, correr, trocar tiros, participar de missões reais. Treinava o tempo todo. Já tinha feito os cursos de paraquedista, Guerra na Selva, Montanha, e almejava entrar para o Comandos, a tropa de elite do Exército Brasileiro.

Nosso primeiro deslocamento sob o comando deles foi a subida para a janta, que começava às cinco. Pegamos nossas bandejas, talheres e canecas, entramos em forma e depois subimos pelas ruas do batalhão correndo e cantando as canções com o sargento Eduardo PQD:

Estou ralando todo dia
Estou ralando todo dia
E nunca mais vou me esquecer
Vou encontrar Rosa Maria
E dar a ela o meu brevê
Vou ver meu neto a qualquer dia
Vovô o que o senhor fazia?
Netinho, a gente corria
E não sabia aonde ia
Mas um belo dia
Todo equipadão
Vovô se lançou
Da porta do avião
Ai, meu netinho, como era bom
Se lançar lá do avião
Sentir a brisa lá de cima
E aterrar de encontro ao chão
Vovô, também quero
Quando eu crescer
Ter a minha boina
Meu boot e meu brevê
Mas vovô disse não
Lá tem muita ralação

Pulim de galo todo dia
Você não vai aguentar, não
Pulim de galo todo dia
Canguru e flexão
— Um, dois...
— Três, quatro...

Quase sem voz, o sargento não parava de gritar a canção do PQD. E, de alguma maneira, mesmo com a rivalidade que os paraquedistas tinham com a gente (os chamados Pé Preto, porque a gente usava coturno preto e eles boot marrom), vibramos com a canção ao ver a motivação do cara.

Jantamos e voltamos caminhando na boa, sem esculacho. Guardamos nossas bandejas e fomos levados para o pátio da companhia. Os caras nos colocaram sentados no chão, com os joelhos apontados para o teto e as pernas cruzadas.

— Qual dos senhores se habilita a vir aqui na frente para cantar o Hino Nacional? — perguntou o sargento Eduardo.

— A princípio, todos são voluntários! — gritou o sargento Fabiano.

Tinha um cara do nosso ano que era muito vibrador. Ele se chamava Anselmo. Aquele ali gostava muito de tudo o que era militar e não perdeu tempo, levantou a mão direita e deu um grito tão alto que quase me deixou surdo.

— Sou voluntário, senhor!

— Tu é voluntário pra que, soldado? — respondeu o sargento PQD, enquanto lia o nome do Anselmo na camisa. — Parabéns pelo coturno, recruta. Tá brilhando mais do que o meu. Dá um FO positivo pra ele, Fabiano.

O sargento Fabiano pegou seu bloquinho, anotou algumas coisas e perguntou se a gente sabia o que significava FO. Como ninguém sabia, ele explicou. Fato Observado. Pode ser positivo ou negativo. Dependendo da quantidade de FOS, o soldado poderia ser o Praça Mais Distinta e ganhar uma medalha e sua foto em uma moldura no salão nobre do quartel, ou ficar detido se fossem muitos FOS negativos.

Acabou que o Anselmo nem chegou a cantar o hino na frente de geral. Os sargentos ficaram tão empolgados com a possibilidade de terem o Aptidão Física e o Praça Mais Distinta no mesmo ano que preferiram não queimar o filme dele naquele momento.

Acompanhando uma caixa de som com um pen drive espetado, cantamos o Hino Nacional, e toda vez que algum recruta errava, a gente parava e todos pagavam flexões.

— Por causa de um, todos pagam! — gritavam os sargentos.

Acho que essa foi uma das frases que mais ouvi no quartel. Não sei se eles tentavam jogar a gente um contra o outro, ou se achavam que aquilo nos uniria de alguma maneira. Depois que a gente ficou alinhado no Hino Nacional, veio o Hino da Bandeira, do Exército, da Engenharia, da Liberdade, do Soldado e outros mais.

A nossa primeira noite de sono no alojamento parecia suspeita: as camas estavam arrumadinhas, com cobertor quentinho. Como sempre desconfiei de esmola demais, já deitei pra dormir com as meias verdes por cima das brancas, com a calça por cima do short verde e deixei meu coturno embaixo do travesseiro, caso tivesse que acordar na correria.

Os recrutas não paravam de falar. Pareciam até que estavam numa colônia de férias. Eu não entendia como podiam conversar e ficar rindo daquele jeito depois de um dia inteiro de esculacho e ralação. Eu só queria esticar minhas pernas, encostar a cabeça no travesseiro e sonhar com a minha saída daquele sofrimento.

Nem levei meu celular para o internato, vi vários com o aparelho escondido. Os sargentos viviam dizendo que, se pegassem alguém usando, iam quebrar o celular e o recruta ganharia quinze dias de detenção.

Não dava pra dormir com aquele falatório. Quando eles resolveram calar a boca, consegui pregar os olhos, mas na hora que ia chegar à melhor parte do sono, vieram os sargentos dando tiros e jogando gás de pimenta no alojamento. A minha cama ficava na parte de cima do beliche, o que me ajudava com relação à fumaça, mas quem estava no alto levava tapas e pauladas dos sargentos e soldados antigos.

Fomos para o pátio da companhia passando por um corredor polonês. Os caras gritavam pra caramba nos nossos ouvidos. Me deu vontade de matar os recrutas que ficaram conversando alto e rindo durante todo o tempo que tivemos pra descansar de verdade.

Entramos em forma do maior para o menor, divididos em sete fileiras. De repente, vieram todos os sargentos que tinham comandado nossa tropa até aquele momento, inclusive o sargento Vieira. Minhas pernas ficaram bambas. O frio daquela noite era o que menos fazia a gente tremer e temer. Comecei a pensar em várias bizarrices que estava acostumado a escutar por aí das pessoas que não tinham a menor noção de como são as coisas na verdade.

O sargento Eduardo já veio gritando lá de dentro do alojamento:

— Vocês nunca serão um de nós! Tão vendo essa onça no meu chapéu? Olha que essa onça é o meu troféu!

Fiquei tentando imaginar como seria bizarra uma competição que desse uma onça no chapéu como prêmio.

— Atenção companhia, sentido!

A gente fez a posição de sentido sem vibração e em total falta de sincronia, influência do sono, que prejudicava nossa coordenação motora.

— Que pouca-vergonha é essa? Parece mais uma metralhadora — disse um dos sargentos.

— Vamos repetir mais uma vez, seus imundos! — gritou bem alto outro sargento, quase me deixando surdo quando passou ao meu lado.

— Atenção, recrutas… Seeentido!

PAAH.

— Agora sim, porra!

Mas o pior ainda estava por vir. O sargento Vieira mandou a gente marchar em direção ao lago, e quando estávamos quase chegando na água, os soldados da frente pararam de marchar e, consequentemente, todo mundo parou.

— Vocês estão malucos? Alguém mandou a tropa parar? — gritou o sargento Vieira. — Quero ver todos dentro do lago sem desalinhar.

Depois que os maiores entraram, tremi até chegar a minha vez. Assim que encostei a ponta do meu coturno na água, parecia que todo o meu corpo ia congelar. Não falei nada e fiz o que eles mandavam.

Quando os últimos entraram, eles mandaram a gente organizar as filas e ficar na posição de sentido de frente para eles.

— Descaaansar!

Fizemos a posição de descansar. Em seguida, vieram todos os comandos possíveis de posições da ordem unida: sentido, apresentar armas, direita e esquerda volver, ordinário marche, frente para a retaguarda e outras mais.

Ficamos nessa dança dentro do lago até cinco horas da madruga. Meus ouvidos não aguentavam mais escutar aquelas ordens. Meus dedos estavam enrugados. Pra piorar, tinha uns recrutas que sempre erravam.

Quando foi lá pelas cinco e vinte, os sargentos ordenaram o "Fora de forma, marche" e mandaram a gente voltar para o alojamento, mas sem dar um pio. Tiveram uns engraçadinhos que fizeram "pio, pio, pio", mas, pra nossa sorte, os sargentos não escutaram.

4

Amanheceu no batalhão e quase todos os recrutas estavam eufóricos pelo fato de ser o dia de pegar em um fuzil 7,62 pela primeira vez.

Até aquele momento, a gente usava os mosquetões da Segunda Guerra Mundial. Era horrível fazer a ordem unida manuseando aquele troço. A gente queria mesmo era usar os fuzis novos, iguais aos que a gente via nas mãos dos policiais e dos traficantes nas favelas cariocas.

O sargento Eduardo levou a gente até o local onde guardavam os armamentos e disse pra cada um pegar sua negona e não soltar por nada. O meu fuzil era novinho em folha. Tinham uns que não estavam tão novos como o meu, mas todos brilhavam.

O sargento começou a desmontar o fuzil dele e a falar o nome de cada peça. Em seguida, ensinou como desmontava e montava o armamento. Ficamos o dia todo com nosso fuzil. Fizemos a ordem unida, almoçamos, marchamos, corremos com ele cruzado no peito e tudo o mais.

A gente ficou sabendo que na semana seguinte já ia começar a atirar. Só se falava nisso nos bastidores do batalhão. Os recrutas simulavam tiros com as mãos. Eu via merda pela frente. Não acreditava que aquela molecada toda ia atirar com uma arma de guerra. Confesso que fiquei ansioso.

A semana passou e chegou o grande dia, acordamos eufóricos e entramos em forma correndo.

— Bom dia. Hoje os senhores vão atirar com munição real — disse o sargento Eduardo. — Acredito que a maioria nunca teve essa experiência. Ninguém precisa ficar nervoso. Vocês já aprenderam como um fuzil funciona, já montaram, desmontaram e até dormiram com a negona nos últimos dias. Agora chegou a hora de gozar.

Esperou um momento antes de continuar.

— Escutem bem o que vou falar agora. Qualquer brincadeirinha ou bisonhice que acontecer dentro daquele estande pode custar a vida de vocês ou de seus companheiros. Muita atenção na linha de tiro. Selva?

— Selva!

— Brasil?

— Brasil!

Selva e Brasil são a mesma coisa do que falar o.k. O.k.?

Enquanto a gente se preparava para o momento mais esperado desde que entramos no quartel, dava pra escutar o barulho dos tiros das outras companhias, que tinham começado antes. Meu coração batia forte e minha perna estava trêmula. Afinal de contas, eu cresci vendo aquelas armas e escutando o barulho delas e, de repente, lá estava eu com uma na mão e o disparo seria efetuado por mim.

Caminhamos em direção ao estande. Os sargentos que acompanhavam a gente naquele dia não gritaram nem xingaram, não nos fizeram correr nem marchar. Parecia até que temiam alguma revolta.

Eu sempre achei muita loucura o que eles fazem com os recrutas. Éramos humilhados, xingados, tratados como lixo... a gente comia o pão que o diabo amassou e, de repente, ganhávamos armas com munições reais.

Aguardamos a outra companhia terminar enquanto escutávamos mais algumas instruções dos sargentos. Eles disseram que, se acontecesse qualquer imprevisto com nosso armamento, deveríamos colocar o fuzil virado para o chão ou deixá-lo na direção do alvo na posição de quarenta e cinco graus. Nunca, de maneira alguma, deveríamos apontar o armamento para alguém, nem de brincadeira.

Chegou a nossa vez. Cada um ficou numa linha de tiro. Eles distribuíram seis munições e mandaram a gente carregar as armas.

— Vou falar de novo: nunca aponte o fuzil para alguém. Se houver algum problema, coloquem sua arma na posição de quarenta e cinco graus — repetiu o sargento Eduardo.

Foi só ele acabar de falar que o soldado Madeira apontou o fuzil na direção dele e disse:

— Meu carregador não tá entrando, sargento!

Foi um tal de gente se jogando no chão, pulando pra trás das pilastras, correndo. O sargento Fabiano viu aquilo, foi por trás do recruta e tomou o fuzil da mão dele, enquanto o sargento Eduardo dava uma paulada no capacete do Madeira, gritando:

— Tu tá maluco, recruta? Quer matar seus companheiros, seu ridiculão? Já falamos várias vezes que o fuzil tem que ficar apontado para o alvo ou para o chão, seu maluco bisonho!

Levaram o Madeira para o final da fila e, depois desse episódio, o meu nervosismo aumentou mais. Fiz a posição de tiro "de pé com apoio", que é basicamente apontar o fuzil para o alvo e ficar encostado na pilastra.

Fomos autorizados a efetuar os seis disparos. Mirei bem no alvo, segurei minha respiração, fiz a linha de visada colocando a alça de mira alinhada com a massa de mira, do jeito que eles me ensinaram, e, na hora que eu ia efetuar o disparo, escutei o barulho das armas dos outros recrutas. Me assustei e não consegui atirar. Esperei todos terminarem e só depois disparei tranquilo.

Os sargentos foram conferir os resultados de todos os recrutas para trocar o alvo e mudar a posição de tiro. Quando chegou a vez de pegar meu alvo, um sargento chamou o outro, analisaram o papel e cochicharam me olhando. Nenhum deles veio falar comigo, mas não paravam de me encarar.

Recebemos mais seis munições e eles mandaram a gente fazer a posição "de pé sem apoio". Fiz a mesma coisa. Esperei todos terminarem e só depois fiz os meus disparos, sossegado.

Os sargentos foram direto no meu alvo pra ver o resultado. Fiquei bolado, até que um deles veio na minha direção e perguntou onde eu morava. Respondi "em Antares", e ele sorriu, dizendo em voz alta "Tá explicado. Ele mora em Antares!". Não entendi o que ele quis dizer. Na verdade, até entendi, mas achei melhor dar uma de maluco e fingir que não sabia o que estava acontecendo.

Fiz todas as posições de tiro que eles mandaram. Quando chegou na última, o sargento Fabiano me perguntou por que eu era o último a atirar. Eu expliquei e ele mandou que eu efetuasse os disparos junto com os meus colegas, porque eu não era melhor do que ninguém. Fiz o que ele mandou e eles foram conferir meu desempenho. Voltaram na minha direção, sorrindo.

— O recruta 088 é morador de Antares, né?

— Sim, senhor — respondi, me colocando na posição de sentido, com o fuzil apontado para o chão.

— Muito bom, recruta. Parabéns pelos seus disparos. Você conseguiu agrupar bem os furos no alvo. Já tinha atirado antes? — perguntou o sargento Eduardo, enquanto olhava bem dentro do meu olho, reparando na minha reação pra saber se eu ia mentir.

— Não, senhor, sargento. Nunca atirei e nunca tinha segurado uma arma de verdade até ingressar no Exército, senhor!

Eles saíram de perto de mim e foram guardar os nossos alvos nas pastas. Mandaram a gente sair enquanto os outros recrutas assumiam a nossa posição no estande. Do lado de fora, meus amigos vieram me perguntar o que tinham me dito. Eu havia ficado meio preocupado com os olhares e as perguntas dos sargentos. Contei para os meus amigos e geral começou a deduzir coisas.

— Ih, cara. Acho que eles acharam que você é bandido lá em Antares!

— Tá maluco, cara. Eles tão é querendo saber se você está apto pra manusear o fuzil durante o serviço, se você tem condições psicológicas.

— Estranho, hein, soldado Vinicius! Tu tem algum envolvimento lá na tua favela?

— Vocês tão cheirando cola? Tão malucos, seus mocorongos? Eu nunca tinha atirado na minha vida, gente. Minha parada sempre foi trabalhar pra ter um dinheiro pra sair com as minas.

— Não sei, não, hein… Tá meio estranho isso aí — disse o soldado Félix, o cara das flexões.

Foi terminando o treinamento no estande e chegando a hora do almoço. Meu estômago já tinha colado nas costas e eu estava ansioso pra saber o que os sargentos iam falar comigo no final das instruções.

Voltamos para a companhia, limpamos e guardamos os armamentos, pegamos nossas bandejas e fomos em direção ao refeitório, caminhando em filas. Todos transpareciam uma felicidade imensa depois da aula de tiro. Até o Madeira estava feliz, mesmo depois das bisonhices dele.

Quando a gente estava almoçando, o sargento responsável pelo nosso grupo disse que poderíamos voltar para a companhia após o almoço, sem esperar por eles, e entrar em forma à uma hora da tarde. Voltar para a companhia sozinhos significava que a gente tinha evoluído bastante. Só os cabos e os soldados já engajados podiam circular pelo quartel fora de forma.

Comi rapidinho. Chamei o Soró, e saímos do refeitório conversando sobre aquela sensação de liberdade. Foi a melhor coisa até aquele momento no batalhão.

Quando chegamos na companhia, passamos pelo sentinela e ele disse que não aguentava mais aquela escala apertada, e que estava muito feliz em saber que logo íamos começar a tirar serviços na guarda e nos alojamentos. Muitos soldados tinham ido para algumas favelas ajudar com a instalação de UPPs.

5

Algumas semanas depois, quando o recrutamento passou, tudo ficou diferente. Os sargentos babacas começaram a puxar assunto, os soldados e cabos antigos ficaram felizes porque a gente ia começar o serviço no alojamento e a escala deles ficaria mais larga. Sem contar que alguns recrutas tinham irmãs, primas ou amigas gatas para abrilhantar as festas que rolavam no batalhão.

Eu tenho uma irmã bonita, mas o que me deu moral no quartel foi, além da boa comunicação, o fato de eu me dedicar a aprender mais sobre as peças que eram usadas para as montagens das pontes.

A formatura do final daquela tarde foi diferente. Na hora de o sargento Leonardo passar as informações sobre o próximo dia, da escala de serviços e do pernoite, ele disse o nome dos seis recrutas que iam tirar serviços no alojamento. Fomos embora pra casa eufóricos por saber que a parte do recrutamento já tinha passado e que nós agora éramos soldados do Efetivo Variável.

No dia seguinte, cheguei bem cedo e vi os soldados do meu ano subindo na direção da Parada Diária, que era a supervisão dos oficiais com o pessoal que tira serviço de guarda no quartel.

Depois do almoço, fui correndo para a companhia perguntar como era ficar de plantão aos soldados que tinham tirado serviço no alojamento. Eles me disseram que era só ficar em pé por ali e de olho no rondante que vinha na madruga. Disseram que chato mesmo era a Parada Diária, porque um oficial observava o brilho do coturno, o vinco da calça, se a barba estava bem-feita, se o cabelo estava cortado. Tudo nos mínimos detalhes. Nem um pelinho na barba podia ter, muito menos um amarrotadinho na farda.

No final do dia, foram anunciados os nomes de quem ia tirar serviço no dia seguinte. Pra minha surpresa, meu nome estava na escala, mas não pra ficar no alojamento. Eu era o único recruta na guarda.

Fui pra casa ansioso. Geral me perguntando por que eu fui direto pra guarda. Nem quis saber. Eu estava louco pra viver aquela experiência nova.

Cheguei em casa pedindo pra minha mãe passar minha farda e colocar num cabide enquanto eu engraxava o coturno. Nem assisti à novela das oito que passa às nove, quase dez. Fui direto pra cama na tentativa de dormir bem pra tirar um bom serviço.

Eu sempre chegava uma hora mais cedo no quartel. Naquele dia, cheguei duas horas antes. Ao passar pelo portão do batalhão, os soldados que estavam na guarda começaram a reclamar, dizendo que já estava mais do que na hora de a gente entrar na escala de serviço.

Me deu uma vontade danada de dizer que eu estava de serviço naquele dia. Como se estivesse adivinhando meus pensamentos, o sargento me perguntou por que eu tinha chegado tão cedo, e eu respondi bem alto:

— Tô chegando cedo porque hoje vou tirar meu primeiro dia de serviço na guarda e não quero dar mole na Parada Diária.

Os soldados antigos, quando escutaram a frase "serviço na guarda", ignoraram o restante da minha fala e comemoraram como se fosse um gol do Flamengo em cima do Vasco. Dois deles se levantaram e me acompanharam por uns duzentos metros, me elogiando.

Cheguei na companhia, coloquei a farda em cima da minha cama e fui para o banheiro com as havaianas que eles deram, o short verde e sem camisa, a toalha no pescoço. Raspei minha cara com o barbeador até meu rosto ficar liso igual bundinha de neném. Tomei um banho. Quando os outros soldados do meu ano chegaram pra se arrumar, eu já estava mais do que pronto esperando o sargento levar a gente até a Parada Diária.

Foi aterrorizante.

Não sei por que motivo, todas as vezes em que eu entrava em forma e não podia me mover, vinham uns mosquitos do além, apareciam umas coceiras ou várias outras coisas que me faziam passar mal de tanta vontade de me mexer. Eu sacudia os dedos dos pés dentro do coturno, rezava, pensava na praia ou qualquer outra coisa que me ajudasse. Quando percebi, o tenente já estava parado na minha frente, me analisando. Passou um filme na minha cabeça.

Mas quando o medo é muito grande a gente congela. Passei batido. Não ganhei um FO positivo, mas também não fui anotado por alguma falha.

Parada Diária terminada, subimos marchando ao comando do sargento Eduardo, que era o comandante da guarda naquele dia.

O sargento dividiu os soldados por quarto de horas. A maioria gostava de ficar nos postos onde não precisava segurar o fuzil, na área externa do batalhão. Não sei se por sorte, afinidade ou medo de eu fazer alguma merda no serviço, o sargento me mandou para um dos melhores postos da guarda, que era em uma cancela na vila dos oficiais, que dava acesso à rua da entrada principal do batalhão.

Fiquei meio preocupado com a aceitação dos outros soldados, mas como o sargento era casca-grossa, guardei meu fuzil no cabide junto com os outros e fiquei tranquilo, sem meter marra.

Peguei o terceiro quarto de hora. Vou explicar mais ou menos como funciona. São três soldados revezando em cada setor da guarda. Cada um fica duas horas tomando conta do seu posto, depois fica duas horas de pronta resposta num banco na entrada da guarda e depois passa as outras duas horas dormindo, para voltar para seu respectivo posto. E isso dura vinte e quatro horas ininterruptas.

Como eu estava previsto para o terceiro quarto, me enturmei com os soldados e começamos a trocar ideias. Ninguém tirou onda comigo, muito pelo contrário. A galera me passou os esquemas de como funcionava na prática. Como um bom recruta, fiquei bem quietinho e prestei muita atenção aos conselhos.

Depois de duas horas, chegou a minha vez de dormir, mas preferi nem deitar. Continuei ali pela guarda trocando ideia com um e com outro, sem perguntar muito. Deixei eles falarem o que achavam importante. Alguns tentaram me sacanear, mas se impressionaram com as minhas respostas rápidas e acharam melhor não tentar mais.

Chegou o momento de "pegar na hora", que é como eles falam. O cabo da guarda juntou todos do quarto em duas filas, e foi passando de posto em posto fazendo a rendição. Era pra ele ter trocado meu posto primeiro, já que ficava do lado de fora, na rua, e bem perto do portão principal, mas ele me fez conhecer todos os lugares onde ficam os soldados da guarda.

— Pô, cabo Bento. Morri na hora. Porque tu não passou aqui primeiro pra render a gente?

— Respeita o mais antigo, soldado. Fui dar um passeio com o recruta pra ele conhecer os postos. Mas pode deixar que vou recompensar esse tempo esquecendo de te render de noite.

— Tá maluco, Bento? Tô brincando. Tava até bom ficar um pouco mais aqui, tá passando várias gatas na cancela hoje.

Entre as brincadeiras do cabo com os soldados antigos, assumi meu posto junto com outro soldado que tinha boca mas não falava. Fiquei feliz em estar num posto duplo. Sabia que ficar sem ter com quem conversar por duas horas seria chatão.

— Já tirou muito serviço aqui, irmão?

— Alguns.

— Aqui parece melhor do que lá dentro, né?

— É.

— Será que passa muita mulher bonita?

— Hum-hum.

— Tu tem quantos anos aqui no batalhão?

— Três.

— Tá…

Achei melhor não insistir e passar as minhas duas horas sem alteração. Fiquei impressionado de ver como as estudantes gostavam da gente. Mal sabiam que éramos como os moleques bobos da rua delas, a única diferença era a farda.

— Hummm… — suspirei ao ver uma menina linda passando.

— Tá maluco, recruta?

— Qual foi, irmão? Sou recruta mais não, rapá! Me respeita na frente das minas. Sou sujeito homem igual a você. Se entrar nessa a gente vai se estranhar aqui e o bagulho vai ficar doido pra nós dois.

— Calma!

— Calma nada. Fala o que for lá dentro, mas aqui fora, na frente das mulheres, eu quero respeito, senão vai dar caô nessa porra!

— Calma, cara. Não falei por mal.

— Já é!

Ele então apontou com a cabeça para a garota que passou e disse:

— Aquela ali, recruta, é a filha do sargento Vieira. Nem olha, que é merda das grandes.

— Não falei nada. A mina até que é gatinha, mas nada que mereça um pernoite ou uma detenção.

— Quem avisa amigo é. Tô falando porque ela foi criada no quartel e não dá confiança pra ninguém. Nem pros oficiais, muito menos pra soldado recruta.

— Já falei, cara. Tô de boa. Tô aqui só pra passar o ano. Em quanto menos problema eu me envolver, pra mim é melhor.

Ficamos um tempo em silêncio. Mas não aguentei e emendei:

— Acho que me lembro dela. Vi essa mina na formatura, quando entrei no quartel. Ela estava no palanque junto com as esposas dos oficiais.

— É ela mesma.

— Tu acha que vou querer algum problema? Já falei. Só quero passar meu ano tranquilo aqui dentro.

Porra nenhuma. Não conseguia parar de pensar naquela delícia que se movia suavemente conforme andava. Aquela pele branquinha, quase transparente. Um jeitinho frágil escondido por trás da marra forçada que ela transmitia ao passar pela cancela da vila dos oficiais.

Eu adorei aquele posto da guarda. O dia passou e nem percebi. Nem consegui ficar com raiva do cara, porque uma discussão com ele seria impraticável.

Tirei meu serviço sem mais alteração e no outro dia fiquei chateado por ter que cumprir expediente normal. Mas algo havia mudado dentro de mim. Eu já era um soldado que tirava serviço com os antigos, e, quando o sargento Fabiano mandou eu me juntar ao pessoal do meu ano que estava fazendo cri-cri, perdi o chão.

Cri-cri era uma das coisas que eu mais detestava na época de recruta. Odiava ter que ficar arrancando mato com as mãos, ouvindo o grito do capim, que emitia o som do cri-cri. Como ele podia me colocar pra capinar depois de vinte e quatro horas de serviço? Onde fica o respeito pelos soldados que protegem o batalhão?

Era visível a desilusão no rosto da maioria dos soldados do meu ano, que entraram no quartel porque acreditaram nas imagens que aparecem nos comerciais de televisão, mostrando os militares fazendo treinamentos de guerra, saltando de helicópteros, fazendo patrulha nas matas ou qualquer outro tipo de ação.

Fui pra casa no final do dia acabado, mas feliz por ter cumprido mais uma etapa e por saber que as coisas iriam melhorar dali pra frente.

— Lembrou que tem casa, filho?

— Tava de serviço, mãe!

— Entra e troca a lâmpada do meu quarto que queimou.

Impressionante, a minha mãe. Ela trabalha em casa de família, cuida da nossa casa e não consegue trocar uma lâmpada. Fiz resmungando. Eu reclamo não porque me importo em fazer, mas porque acho que ela deveria aprender. Sei lá. Caí no sono falando com a minha irmã, enquanto ela me ignorava na frente do notebook.

6

Aos poucos, as coisas foram se acertando. O quartel passou a parecer apenas um emprego ruim. Do tipo que a pessoa trabalha muito e ganha pouco. Meu pai sempre me dizia para levar os estudos a sério, mas como a rua me atraía muito mais do que a escola, ali estava eu passando por aquela situação.

A escala de serviço tinha ficado muito apertada com o envio de soldados para ajudar na implantação das UPPs nas favelas, o que atrasou as coisas na nossa formação. Mas eles tinham que cumprir com o planejamento e ainda faltava o acampamento, entre outras partes do nosso aprendizado militar.

Confesso que fiquei com medo quando soube que o Exército ia ajudar a polícia a ocupar as favelas. Como é que eu ia voltar para casa se os soldados estavam fazendo operações em lugares com a mesma facção que controla o tráfico de drogas de onde eu moro?

Conversei com a minha mãe e disse que ia ficar um tempo dormindo no quartel, até as coisas se ajeitarem. Mas, na verdade, eu também queria ficar um pouco fora da favela, porque o batalhão fica no centro de Santa Cruz, e acordando no trabalho eu ia poder sair todos os dias sem me preocupar com o horário.

Pode parecer chato dormir no quartel, mas não é. Tinham outros soldados do meu ano que dormiam lá também, o Paulo Souza, o Freitas, o F. Cardoso e o Semeão.

Semeão chegou no quartel todo na dele. Usava aquelas roupas sociais e só falava de igreja. Com o passar do tempo, começou a andar com a gente, passou a falar cada vez menos da igreja e, de repente, se tornou uma nova criatura.

Todo mundo se transformou. Até eu, que não gosto muito de cigarros, aprendi a fazer bolinhas de fumaça e um dia fui comprar um cigarro a varejo. Naquele momento, descobri que estava virando fumante por bobeira. Joguei o cigarro fora e nunca mais fumei.

A primeira vez que saímos pra beber indo dormir no quartel foi uma loucura só. A gente mal tinha deixado de ser recruta e virado soldado do Efetivo Variável, mas a nossa marra na rua era de tenente pra cima.

Chegamos na praça de alimentação do shopping de Santa Cruz e começamos a beber cerveja. Conversa vai, conversa vem, e, de repente, um cara pegou o violão e começou a tocar MPB. Lá no meio da apresentação, a gente já estava dançando e cantando junto com a galera. Meus amigos começaram a pedir pro músico deixar eu dar uma palhinha, mas o cara relutou até que uns três amigos foram lá e disseram que se ele não me chamasse, o bagulho ia ficar doido.

O cara me chamou e todo mundo na praça de alimentação ficou gritando meu nome. Fiquei com a maior vergonha, mas fui pra não deixar a peteca cair. Apertei a mão do cara, peguei o violão, arrumei o microfone, dei uma afinadinha básica nas cordas e toquei dedilhando bem suave uma música que todo mundo ali conhecia…

Vou navegar, cumprindo as ordens do meu capitão
Capitão Tchaka vem dançando com a galera
Nessa aventura que é pura emoção, olha a onda!

Quando eu disse "olha a onda", já estava todo mundo de pé, as cadeiras sendo jogadas para o lado, e tinha até uns malucos do meu ano em cima das mesas. Olhei pra cara do músico e ele fez sinal de positivo pra eu continuar. Então continuei…

Onda, onda, olha a onda
Onda, onda, olha a onda
Onda, onda, olha a onda
Onda, onda, olha a onda.

O público foi ao delírio. Depois dessa toquei "Segura o Tchan", Tati Quebra-Barraco e terminei com "segura na corda do caranguejo", da Claudia Leitte.

Os seguranças ficaram doidos. Um deles chegou perto de mim pedindo pra eu parar de cantar, e meus amigos já foram pra cima dele. Uma confusão se formou. Até as pessoas que estavam na praça dançando compraram o nosso barulho. Eles ficaram sem saber o que fazer. De repente, começou a chegar polícia e a gente dando carteirada dizendo que também era militar e recuando em direção à porta de saída do shopping.

Fomos embora rindo e alguns nem pagaram a conta. Mas ainda era muito cedo e a noite estava só começando. Atravessamos a estação de Santa Cruz e paramos num bar de esquina que, pra piorar a situação, tinha uma máquina de karaokê. A farra reiniciou. Ao som de "você pra mim foi um sol" e outras músicas irritantes com vozes altas e desafinadas, dominamos o bar o resto da noite. Só saímos de lá quando o dia já estava amanhecendo.

Chegamos no quartel cantando e rindo um da cara do outro. Os soldados antigos que estavam na guarda resmungaram, mas o sargento mandou a gente seguir nosso caminho e fomos para nossos respectivos alojamentos, escorados uns nos outros.

Cheguei no alojamento e fui direto para o meu armário pegar o kit higiênico para fazer a barba e tomar um banho, pra ver se eu melhorava um pouco da tontura. Aquilo me deu um levante, mas depois que coloquei a farda e sentei na cama para olhar as mensagens no meu celular, apaguei e só acordei na hora de entrar em forma para ouvir as ordens do dia.

Aquele dia parecia não ter fim. Onde eu encostava, dormia. A minha sorte é que fiquei no pelotão tranquilo e geral já sabia da confusão que a gente tinha arrumado no shopping. Só se falava daquilo no quartel. Os convites não paravam de aparecer. A galera das outras companhias começou a se juntar com a gente e cada vez mais o grupo de pessoas ia aumentando.

Por causa de um racionamento de água no quartel, passamos a ter meio expediente. Então a gente saía direto pra praia. Uns malucos iam fardados pra tirar onda no ônibus, mas eu sempre ficava na minha, sem mostrar que era do quartel, por conta da participação do Exército nas ocupações das favelas.

*   *   *

Eu gostava de andar com a rapaziada do quartel. Eles eram muito doidos e a gente sempre tinha muita coisa pra falar. Parecíamos uma grande família.

O Paulinho Soró era o cara mais maneiro do batalhão. A gente ficava direto depois do expediente. Soltava pipa, pegava manga, jogava bola, sacaneava os sentinelas de plantão. A gente conhecia quase todo mundo das companhias e vivia arranchado pra ter a liberdade de comer junto com o pessoal que tirava serviço.

Em um desses dias de meio turno, Soró e eu estávamos correndo atrás de uma pipa dentro do batalhão naquele sol de rachar quando, de repente, demos de cara com o capitão Herman.

— O que vocês estão fazendo a essa hora aqui?

— Estamos correndo, capitão! — afirmou o Soró, enquanto saltitava diante do oficial.

— É, capitão Herman, a gente quer fazer o curso dos Comandos. Queremos entrar para a tropa de elite do Exército Brasileiro — falei enquanto respirava fundo, com as mãos nos joelhos, olhando para o lago.

— Muito bom, recrutas. Gosto de pessoas determinadas como vocês. Se precisarem de qualquer coisa, é só falar comigo.

Pronto. Era tudo o que eu queria ouvir. Olhei pra cara do Soró e ele deu um sorriso pra mim enquanto eu preparava o pedido que queria fazer há um tempão.

— Capitão, como a gente não pode usar a piscina do batalhão, será que teria alguma possibilidade de treinar a natação ali no lago?

— O quê?

— É, capitão. Temos que tá um aço na natação também. O lago não é o ideal, mas já dá pra começar.

— Tá bom, soldados, mas tomem cuidado.

— Ih, capitão, agora sim o bagulho vai ficar doido — disse o Soró, enquanto fazia uma das suas dancinhas e caretas.

— Permissão pra me retirar, capitão?

— Permissão concedida. Não vão se matar na porra do lago, hein?, seus mocorongos!

— Selva!

— Brasil!

Saímos da frente do capitão na maior disposição, demos mais uma volta e fomos correndo na direção do lago. Dei um mergulho bem demorado e só apareci lá no meio sacudindo a cabeça, simulando jogar o cabelo pro alto. Soró já estava assustado com a minha demora pra aparecer na superfície. Fizemos a festa o resto daquela tarde quente.

O pessoal que estava de serviço ficava rindo e gritando pra gente ir pra casa. Mas o batalhão era cada vez mais a nossa casa. Soró tinha problemas familiares, e eu estava com medo de voltar para a favela. Como a gente gostava de soltar pipa, usávamos a estrutura do batalhão como se fosse uma grande fazenda.

Meu desempenho no TAF (Teste de Aptidão Física) começou a melhorar em todos os exercícios: flexões, abdominais, corrida e, finalmente, a barra, que era o que tirava o meu sono e me fazia levar esporro todas as vezes que os sargentos exigiam no mínimo seis puxadas até passar da altura do pescoço. Eu pulava, segurava no ferro, balançava, sacudia, fazia uma força dos infernos e não conseguia duas barras corretas. Parecia impossível. Eu olhava os caras fazendo e dava até vontade de chorar.

O batalhão não era mais nenhum bicho-papão. Conhecia tudo e todos. Eu era o primeiro da lista nas festas de todas as companhias. Minha irmã sempre levava as amigas dela. Eu pegava a Kombi emprestada com meu amigo Jhon Anderson só pra levar as meninas, e por isso ficava como um rei nos eventos. Nem precisava cantar e muito menos tocar violão. Se não fosse o soldado Paiva levar a viola para a guarda, e o episódio do shopping, a galera nem ia saber dessas minhas habilidades.

Já que a gente ficava direto no quartel, passamos a lucrar com aquilo. Eu tinha falado pra minha mãe que ia marcar um tempo ali, e como dormia lá quase todas as noites, comecei a tirar serviço para a galera. Era proibido fazer isso para os soldados de outras companhias, mas a gente fechava uns acordos de cavalheiros e ninguém descobria.

Eu e Soró tiramos muitos serviços. Tirei até alguns de graça. Aprendi que dever favor é pior que dever dinheiro. Por isso, vivia adiantando o lado de quem precisava.

A vila dos sargentos era o posto onde eu sempre tentava ficar, porque era do lado de fora do batalhão, mas nem sempre dava. A preferência era dos soldados mais antigos. A maioria deles gostava daquele posto porque não precisava ficar segurando fuzil pesado por duas horas direto.

Vira e mexe, eu parava nos postos da guarda onde ninguém queria ficar. O pior deles era, sem dúvida, a lixeira. Além de ser um local fedido, tinha a carga pesada de um soldado que se matou ali um ano antes do nosso. Dizem que ele estava com problemas com a namorada e, por causa disso, colocou o fuzil no chão, apoiou a barriga em cima e apertou o gatilho. Outros contam que ele via coisas estranhas no quartel. Depois do recrutamento, ele passou a falar sozinho e às vezes gritava "SELVA" do nada, e geral ficava rindo.

Outro posto sinistro era o Jamelão. Estava a mais ou menos uns duzentos metros da lixeira e a uns cinquenta metros do estande de tiros, onde ficavam quatro soldados de sentinela, dois embaixo e mais dois na parte de cima.

Quando eu tirei serviço no Jamelão pela primeira vez, amarrei um arame nos galhos da árvore e pendurei meu fuzil na direção do meu peito. Quem olhava de longe, pensava que eu era um soldado exemplar, como se eu tivesse uma postura admirável.

O cabo Isaac era o responsável da guarda naquele dia. Ele veio com a rendição na parte da noite, e escutei ele falando para os soldados que eu tinha uma excelente postura, que eles deveriam tentar fazer igual a mim. Mas quando chegaram perto, fui andando na direção deles e deixei o fuzil pendurado na árvore, levando a tropa inteira a cair na gargalhada, sem entender nada. Até ele riu e viu que eu não passava de um fanfarrão.

Quando meus amigos da CEP tiravam serviço comigo, a gente tocava o zaralho na madrugada. Todos os sentinelas que estavam nos postos perto do estande se juntavam para jogar baralho ou simplesmente pra ficar trocando ideias, aloprando e se arriscando com os abandonos dos postos.

Os cabos eram como nós. Alguns soldados tinham mais moral do que eles. O Knauer, por exemplo, foi um cara que entrou no quartel junto com a gente, mas tinha moral de soldado antigo. O cara era muito fera nos esportes e, como o coronel, comandante do batalhão, se amarrava em basquete, vivia chamando ele para jogar em seu time. Ele tinha tanta moral que quase não era escalado para tirar serviços e, mesmo assim, quando o nome dele entrava na lista, era sempre no plantão do alojamento da companhia dele. Tinha uns caras que ficavam bolados, mas o Knauer era tão maneiro que nem tinha como alguém tentar arrumar uma vacilação contra ele.

7

As pessoas no quartel sempre arranjavam uma forma de ganhar dinheiro em cima da gente. A grana já era curta, mas eles não paravam de empurrar produtos.

Tínhamos o cartão de cabelo, que deveria ser preenchido com a assinatura de um dos sargentos da companhia de dez em dez dias. Não podíamos cortar em qualquer lugar, tinha que ser na barbearia do quartel.

Tinha a cantina, que vendia fiado e nossa dívida era descontada diretamente do pagamento. Nada passava batido, até uma bala era anotada e cobrada sem a gente ter o direito de argumentar ou conferir os valores.

Outro que ganhava uma grana forte era o fotógrafo. Era irritante. No primeiro mês, a gente até achava maneiro ver o cara indo no treinamento e fotografando nossa ralação, mas, na hora de pegar as fotos, não podia escolher a melhor. Eles imprimiam todas e, para ficar com uma, tinha que pagar por tudo.

Depois de gastar quase a metade do meu primeiro salário com fotos, todas as vezes que eu via o fotógrafo, me escondia. Tapava o rosto e fazia de tudo para não ser capturado pelas lentes dele novamente. Se a gente aparecesse nas fotos, elas eram nossas. Já que os celulares eram proibidos, não sobrava muita opção. Ele separava as fotos por companhia e os sargentos as entregavam no final do mês, junto com o desconto na folha de pagamento.

Sem falar nos militares mais antigos, que viviam pedindo pra gente pagar lanche pra eles. Eu nunca paguei, mas via a galera do meu ano fazendo a maior questão de fortalecer a relação, achando que seriam favorecidos lá na frente.

Chegou um tempo em que alguns caras do meu ano começaram

a reclamar do trabalho pesado diário. Nossa rotina passou a ser bem cansativa. A gente fazia exercícios todos os dias e depois o pelotão era dividido em grupos para fazer os serviços gerais do batalhão.

A maioria que entrou ali achava que ia participar de ações e missões reais, mas a nossa tarefa era capinar com as mãos, varrer os espaços do quartel e pintar as paredes de fora do batalhão. Nada de tiros, saltos de paraquedas ou ajudar nas ocupações das favelas.

A gente ficava feliz quando o coronel chamava nossa companhia pra montar pontes para as formaturas em outros batalhões. Eu gostava de andar pela cidade no caminhão do Exército, uniformizado, carregando meu fuzil e sorrindo para as mulheres no trânsito. As pessoas respeitavam, e as meninas sempre riam de volta, dando confiança.

Uma vez a gente foi montar uma ponte palanque no centro de Santa Cruz, bem na frente de um colégio e perto da estação do BRT. Eu não gostava de ser subalterno e muito menos ficar recebendo ordens dos sargentos na frente das pessoas que não eram militares. Então, todas as vezes que eu via algum conhecido, estufava o peito e fingia que estava dando ordens ao pessoal do meu ano. Todo mundo sabia como eu era, e a galera sempre me fortalecia no caô.

Saímos da montagem e chegamos ao quartel exaustos. O expediente já estava encerrado. Olhei no quadro de informações e meu nome estava na escala de serviços para o dia seguinte. Eu estava muito cansado. Reclamei pra caramba. Pensei em pedir pra alguém tirar no meu lugar, mas resolvi aceitar sem falar com os sargentos que me colocaram na missão da ponte.

Não fui pra casa, tomei um banho e fiquei no grêmio até a hora do pernoite. O sargento do plantão reuniu todos e nos levou para ouvir as instruções do comandante da guarda.

Chegando lá, ele disse que a senha era "macaco" e a contrassenha seria "sete por adição". Aquilo servia para quem passasse por um sentinela depois das oito da noite. Ele pediria pra dizer a senha, em seguida diria um número pra gente completar com outro que na soma chegaria a sete.

Todas as noites no batalhão tinha aquela cerimônia. Eu gostava de me esconder ou sair pra dar um passeio e só voltar depois da reunião do pernoite. Naquele dia, o plantão da cozinha era do cabo mais cheio de marra do quartel, o único que não mudou depois da nossa formatura de recruta para soldado. Os dias em que ele estava de plantão, eu nem comia no quartel pra não ter que olhar na cara dele.

Assim que acabou a reunião do pernoite, eu, de bermuda e chinelo, tranquilo na minha, devo ter incomodado o cara. Ele olhou pra mim e disse.

— Isso aqui não é colônia de férias não, recruta.

Continuei conversando com o soldado Souza Rocha, que estava de serviço, e fingi que não escutei.

Não satisfeito com a minha postura, ele se aproximou e disse bem alto:

— TÔ FALANDO COM VOCÊ, RECRUTA. VOCÊ É SURDO OU VIADO?

— Sou surdo não, cabo. Só não dou confiança pra qualquer um!

— Então se você não é surdo, você é viado?

— Se o senhor acha que ser viado é ser menos homem que o senhor, não sou. Mas se fosse, não veria problema, pois ruim mesmo seria ser como a sua pessoa.

A galera viu que a coisa estava ficando séria e me levaram para a direção da CEP, dizendo que não era pra eu dar ideia pra ele.

— A gente vai se esbarrar, recruta — ele gritou, enquanto eu saía.

— Sei bem quem é você. Sei que você tá dormindo aqui no quartel direto. Fica ligado que a gente ainda vai terminar essa conversa.

Fiquei muito chateado. Nunca tinha feito nada para aquele cara. Eu ajudava todo mundo e nunca tinha cruzado o caminho dele. Não gosto de brigar com quem faz a minha comida, mas não estava disposto a fazer por menos. Se ele queria problema, tinha acabado de arrumar.

Fiquei na companhia conversando com o plantão até umas dez da noite, e só entrei no meu alojamento quando chegou a hora da rendição deles. Tomei outro banho e voltei para o grêmio pra assistir a uns filmes com o pessoal que estava de serviço na companhia.

Amanheci o dia assistindo TV. Esse é um vício que não consigo me livrar de jeito nenhum. Me apresentei na Parada Diária e pedi pra me colocarem de serviço na vila dos sargentos.

Para a minha sorte, no primeiro quarto de hora, a filha do sargento passou com uma amiga bonitinha falando alto no telefone e confirmando a presença delas no Barulho Café. Não pensei duas vezes, era terça-feira e, pelo andar da escala, eu estaria de serviço naquele sábado. Assim que saí, fui correndo até a companhia, conversei com o sargento que montava a escala e pedi pra trocar com um amigo que precisava do domingo.

Voltei para o serviço e arrisquei um boa-tarde quando ela passou novamente, mas saiu tão baixo, mas tão baixo, que ou ela não ouviu ou meteu marra e me ignorou. Tudo bem, eu só precisava vê-la pra alimentar minha imaginação para a solidão da madrugada. Só em pensar nela caminhando com aquela bunda gostosa, balançando banda por banda... Você não tem noção do que era aquilo tudo. Eu nunca tinha sentido aquela porra tão forte. Eu sujava as paredes da guarita toda com meu desejo proibido. Para piorar, tinha que escutar o soldado falando que era impossível sair com a filha do sargento Vieira. Mas como o lema da minha companhia era "Frente ao impossível lutaremos"... resolvi lutar.

A semana passou e na sexta-feira deixei minha farda de serviço alinhada e meu coturno brilhando. Falei com o Soró que eu ia pra casa da minha mãe. Não podia correr o risco de alguém do quartel querer ir comigo para aquela missão. Combinei com a galera da banda Comida Remosa de tocarmos no Barulho Café.

Lá no Barulho não precisa agendar pra tocar, é só chegar e pegar os instrumentos que ficam ao lado do balcão do bar principal. Conforme combinado, nos encontramos na praça do Sete de Abril, e ficamos trocando uma ideia, falando sobre o cenário político atual e outros assuntos mais importantes.

Chegamos por volta de duas e pouco da madruga e o Barulho estava lotado. Tomamos mais umas cervejas gringas enquanto rolava uma banda de playboys que sempre levava plateia para bater palma enquanto tocavam aquela merda de som escroto que só eles e quem bebia da cerveja deles curtiam.

Quando eles pararam de tocar, Luiz Henrique Batman viu um conhecido, agarrou o contrabaixo e começou a tocar com os caras. Logo depois o Wendel assumiu a bateria e três músicas depois o Rafael Leão foi convocado, junto com o Edinho, para formar a Comida Remosa. Eles mandavam muito bem e já na primeira música a galera toda foi lá pra frente curtir o som.

Avistei a filha do sargento de longe. Ela estava cheia de caras em volta. Fiquei olhando escondido. Quando a banda tocou a música "Resto de alegria", ela foi olhar pra ver o que estava acontecendo com a galera. Em pouco tempo, já estava pulando no meio da levada, na onda do som.

Logo depois fiz sinal para o Rafael e ele começou a falar que tinha um amigo muito maneiro que queria dividir o palco, coisa e tal, chamou o meu nome, e subi pedindo pra tocar a música "Sopa foda" com eles. Peguei o microfone, cumprimentei a galera e comecei a cantar num ritmo bem hard-core...

Oh, quanta vagem
Oh, quanta cenoura
Mais de mil grãozinho de feijão
A batata está pulando na panela da cozinha
No meio do macarrão
Abóbora reclama na sopa não quer entrar
Ela está dizendo que vai se desmanchar
Beterraba solta tinta
Chuchu fica avermelhado
A cenoura em rodela e o repolho amarrotado
A carne amolece e a sopa vai fervendo
E a mãezinha vem gritando
Uh hu
Já tá pronto vem correndo.

Essa música foi uma adaptação que a galera fez de uma poesia que estava no mural de uma escola em que a gente foi tocar numa festinha, há muito tempo. O Rafael leu só a primeira parte, até o macarrão, e depois criou o restante numa zoeira de bar e ficou uma música muito foda, que todo mundo na área conhecia.

Depois dessa música eu assumi a guitarra, e toquei e cantei uma do Charlie Brown Jr.:

Tão natural quanto a luz do dia
Mas que preguiça boa

Me deixa aqui à toa
Hoje ninguém vai estragar meu dia
Só vou gastar energia pra beijar sua boca...

Depois dessa música, ela ficou parada olhando pra mim. Toquei O Rappa, Leoni e terminei com uma do Vander Lee, inapropriada para aquele ambiente, mas toquei assim mesmo e ninguém se meteu.

Ela ficou me olhando e eu não me aproximei. Encarei de longe, achei melhor não forçar a barra. Acho que faltou coragem na verdade, só sei que fiquei muito nervoso e não queria estragar aquele momento.

Um amigo dela veio falar comigo e a trouxe junto. Eu peguei uma cerveja e três copos, mas ela não bebeu.

— Você toca pra caramba, irmão. Eu não conheço você de algum lugar?

— Sei lá, cara. Você já ficou preso alguma vez? — respondi, rindo pra ela.

O amigo dela deu uma golada na minha cerveja e continuou falando.

— Aquela primeira música que você tocou é muito maneira. É de que banda?

— É daqueles caras que estão no palco. Comida Remosa, o nome da banda. Já ouviu falar? — perguntei pra ela.

— Não.

— Meu nome é Vinicius. E o de vocês?

— Sou o Willian e essa aqui é minha amiga Isabela.

— Muito prazer, galera. Esse bar aqui é muito foda. Sempre que posso venho dar uma moral pro Alexandre. Ele abriu esse lugar depois que saiu do trampo de barman e decidiu montar um bar estiloso aqui na área.

Eu e o amigo dela ficamos conversando o maior tempão e ela ali, batendo pezinho, chamando o cara pra ir embora, mas continuamos falando de música, pichação e outros assuntos que não pareciam ter muito a ver com ela. Falamos de praia, viagens e, na verdade, eu fiquei até meio preocupado de o amigo dela tá me dando mole e ela dando uma força pra ele. Pedi pra me adicionarem no Facebook e saí de perto pra falar com a galera da banda.

Logo depois eles foram embora sem se despedir. Eu fiquei vidrado no celular pra ver se o cara me adicionava, para eu procurá-la depois no Facebook.

Pedi pro Wendel me dar uma carona até o quartel porque eu não teria a mínima condição de ir sozinho, ainda mais que eu estava de serviço e teria que estar pronto às sete da manhã na Parada Diária.

A minha sorte foi que o sargento-comandante da guarda se amarrava na minha. Pedi pra ficar no portão das armas e no terceiro quarto de hora, pois só ficaria de sentinela depois do almoço e daria um tempo maneiro pra dar uma dormida.

Na hora em que o oficial veio verificar nosso uniforme, barba e postura, eu quase vomitei em cima dele. Balancei, cambaleei, mas não vacilei. Me escorei no fuzil e passei batido na Parada Diária. Nada tiraria da minha cabeça aquela sensação de estar no caminho certo para conquistar aquela princesa.

Subimos para a guarda e eu já fui direto colocar meu fuzil no cabide e dormir um pouco. Assim que entrei no alojamento, o preso começou a bater com a caneca na grade pra não me deixar dormir. Ele era a maior figura e já estava há mais de oito anos agarrado ali na guarda. A cela dele ficava ao lado do dormitório de quem estava de serviço. Cada um contava uma história diferente dele, mas, pra mim, ele sempre será o Gusmão Vida Loka.

— Qual foi, Gusmão? Se não me deixar dormir, não vou te dar mais chocolates e vou parar de cantar aquelas músicas antigas que você pede.

— Tá doidão, Vinicius?

— Tô sim, Gusmão. Mas não fala pra ninguém!

Dei aquela atenção rápida pro cara e fui dormir um pouco. A guarda era um dos únicos momentos em que a gente se misturava com os soldados das outras companhias. Assunto não faltava. Os recrutas queriam contar sobre a vida deles e os soldados antigos queriam tirar onda de experiente falando lorotas pra chamar a atenção dos idiotas que achavam o máximo trocar ideia com os NBS. Eu só queria dormir, mas o falatório era geral.

Tive que dar uma ideia na galera pra cooperar com a minha situação. Eu estava muito na merda e, se eu não dormisse um pouco, ia dar ruim no serviço. Os caras começaram a rir e só depois fizeram um pouco de silêncio.

Passei o dia todo olhando no telefone pra ver se o amigo dela me adicionava. Cheguei a entrar na página do Barulho pra ver se encontrava uma foto ou alguma coisa que me fizesse chegar até ela. Já no início da noite, quando eu trocava uma ideia com o sargento da guarda, comecei a sentir meu celular vibrando. Eu não podia usar o celular no pronta resposta, então falei que ia ao banheiro. Finalmente, lá estava o amigo dela me adicionando.

Aceitei na hora e já fui direto fazer a busca nos amigos dele. Para minha alegria, lá estava ela. Com a mesma roupa que usou no dia anterior, quando nos conhecemos. Pensei em meter uma marra e esperar ela me adicionar, mas achei melhor não perder a oportunidade. Adicionei e fui lá nas mensagens. Mandei um oi e meu número do WhatsApp.

Meu coração quase saiu pela boca. Foi difícil disfarçar a minha alegria em poder conversar com ela a qualquer hora. Ela não respondeu, mas eu estava muito confiante que iam rolar altos papos dali pra frente. Voltei para o banco e retomei a conversa com o sargento.

— Então, sargento. O senhor estava falando sobre a mulher da igreja que o senhor conheceu aqui passando na frente do quartel.

O sargento sorriu.

— Isso mesmo. A mulher é da igreja, mas o marido dela é o maior vacilão. O cara vive mostrando vídeos de sacanagem pra ela e fica dizendo que aquelas é que são mulheres de verdade.

— Sério?

— Sério. E o pior é que ele coloca aqueles vídeos que tem um montão de homens pegando uma mulher e fica dizendo que mulher de verdade tem que aguentar daquele jeito.

— Que doidera.

— A mulher é tranquilona. O marido é que é o maior otário. Eu demorei mais de um mês flertando com ela. Ela é firme na igreja, mas depois que eu dei um abraço nela quando ela estava chorando, a chapa esquentou. Peguei ela pelos braços e vi o corpo dela todinho arrepiado.

— Tu é cheio dos esquemas, né?

Ele sorriu de novo, com uma cara de quem se acha esperto e disse:

— Que nada. Eu estava muito a fim de pegar aquela varoa. Ela é maior delícia.

— Eu vi, sargento.

— Mas tira o olho, hein...

— Só o senhor mesmo, sargento. É ruim de eu ficar um mês desenrolando com uma mina. Eu não consigo. Pra mim a mina tem que tá querendo. Ou se alguém colocar na minha fita.

— Eu prefiro batalhar muito pra conseguir alguma coisa com as mulheres. E não desisto. Quanto mais difícil, mais eu valorizo.

— Tá louco. Se a mina ficar de caô, eu meto logo o pé. Prefiro não insistir e partir pra outra.

— Sei como é isso, mas não forço nada. A grande verdade é que elas sempre querem. É só saber a maneira correta de fazer elas entenderem isso. Ofereço logo uma carona e, depois que elas entram no meu carro, já era.

Levantei, olhei pro relógio que fica na parede ao lado do cabide com os fuzis, e disse:

— O senhor sabe que aquela prática antiga de falar pras minas dar ou descer é estupro, né?

— Claro que sei. Você acha que eu seria capaz de fazer uma coisa dessas? Eu ganho no estilo. Sou carinhoso e atencioso. Toda mulher gosta de atenção.

Fui pra cama e deitei para descansar até chegar a hora de voltar para o meu posto. Parecia que o celular estava vibrando na minha perna, mesmo eu tendo colocado ele na mochila. Aquela sensação estranha não me deixou dormir de jeito nenhum. Levantei, peguei o aparelho da mochila e fui pro banheiro ver se ela tinha respondido meu oi.

Fiquei revirando o Facebook do amigo dela e vendo os lugares que eles frequentavam. Eu tinha alguns amigos em comum, mas nenhum deles sabia que eu estava servindo o Exército.

Aquela noite foi bem tranquila, passamos mais um serviço sem alteração. Saímos da guarda e fomos direto para as nossas ocupações de rotina.

O sargento Vieira era um mala sem alça. Se passei a noite inteira esperando um contato com a filha, queria passar o dia todo longe do pai. Mas quando cheguei na companhia, assim que saí da guarda, vi que ele estava tirando onda na mesa de pingue-pongue, oferecendo uma grana pra quem pegasse três saques dele.

Eu sabia que os caras do meu ano iam me chamar pra jogar. Assim que passei por eles, o Semeão disse pro sargento que eu era bom no pingue-pongue. Fingi que não tinha escutado e continuei andando.

— Vem cá, ô recruta! Você mesmo que tá saindo de serviço...

Continuei o meu caminho na direção do alojamento e ele saiu da mesa e veio atrás de mim.

— Não ouviu, recruta?

Fiquei na posição de sentido e respondi bem alto.

— NÃO SENHOR!

— À vontade, combatente!

Saí da posição de sentido e respondi.

— Não sabia que o senhor estava falando comigo, sargento.

— Então fique sabendo! O soldado Jeremias e o Semeão disseram que você joga tênis de mesa.

— Jogo pingue-pongue, sargento. Tênis de mesa é pra profissional. Jogo com regras da favela, não com as regras oficiais do esporte.

— Então larga essa mochila aí e vem jogar do jeito que você sabe!

— Sim, senhor!

Coloquei minha mochila em cima da cama, abri os botões da minha gandola e peguei a raquete que me esperava em cima da mesa.

— Ouvi dizer que o senhor está oferecendo uma grana pra quem pegar três saques seus, é verdade?

— É verdade, sim — disse o sargento, louco pra começar a disputa.

— E quem ganhar do senhor, leva quanto?

O cara ficou vermelho. Olhou pra mim com raiva, mas não baixou a marra.

— Vai tentar?

Sorri e pedi pra ele mandar o melhor saque dele.

Minha pressão tinha funcionado, o cara mandou a bola na rede e o saque passou pra mim.

Os soldados do meu ano começaram a rir baixo e de repente a mesa estava cheia de espectadores para acompanhar a partida. Saquei com efeito muito forte e ele rebateu cortando o efeito, mas levantou a bola da maneira que eu queria. Fingi que ia cortar, mas joguei bem no cantinho. Ele deu um pulo de gato e conseguiu rebater, mas como sou chato, fingi que ia mandar do outro lado e joguei no contrapé dele. O cara quase quebrou a coluna e não conseguiu chegar na bola.

— Falei pro senhor que não sei jogar tênis de mesa, só pingue-pongue.

— Dois a zero pra você, recruta...

O falatório tava muito alto ao redor da mesa. Os outros sargentos começaram a implicar com ele. Seu ódio era notável. Resolvi sacar mais fraco e deixar a bola bater na rede.

— Dois a um, recruta. Sorte de iniciante.

— Deve ser, sargento.

Ele mandou outro saque com efeito, mas deixei a raquete parada e a bola saiu de lado. Todo mundo percebeu que eu não queria ganhar dele. O cara virou uma fera com a minha atitude e gritou bem alto.

— JOGUE COMO HOMEM, RECRUTA!

Se era show que ele queria, foi show que ganhou. Rebati o saque e fiz ele dançar de ponta a ponta enquanto eu jogava a bola pra lá e pra cá. Os amigos dele gritavam olé, e joguei sem pena. Até a hora em que dei mole e mandei a bola pra fora.

— Três a dois pro senhor, sargento. Agora deixa eu tomar banho e trocar de roupa porque o serviço ontem foi longo.

Sem responder nada, ele passou a raquete pra outro e também não jogou mais.

Quando cheguei no banheiro pra tomar banho, só escutava o zum-zum-zum da galera falando sobre o que eu tinha feito. Eu sabia que aquilo não era bom pra mim, mas quinze minutos de fama não fazem mal pra ninguém. Sem contar que ele já tinha pegado no meu pé outras vezes. Toda vez que eu prestava continência, o cara me ignorava. Confesso que estava feliz por ter acabado com o showzinho dele.

Mas a surpresa maior veio no fim do dia. Todo mundo em forma pra ouvir os informes quando, de repente, meu nome foi anunciado na lista do pernoite. Mesmo que eu às vezes dormisse no quartel, nunca tinha entrado nessa lista, pois só entra nela quem fez algo de errado, como uma punição.

Fiquei muito bolado, querendo saber o motivo pelo qual meu nome estava ali. O expediente encerrou e, lá por volta das seis da tarde, me apareceu o sargento Vieira caminhando na direção da CEP com uma roupa normal, de chinelinho de dedo e uma raquete na mão rebatendo a bola para o alto, me chamando pra jogar. Olhei bem pra cara dele e disse que não estava a fim, mas ele disse que era uma ordem e eu não quis contrariar meu futuro sogro.

Jogamos até a hora do pernoite. Dei uma coça como ele nunca havia levado na vida. Aprendi a jogar mesmo no Sesi que tinha em Antares. Minha mãe trabalhava fora e eu saía da escola direto pra jogar pingue-pongue lá e tomar banho de piscina. Na favela, a gente jogava com uma porta velha como mesa e uma madeira em cima representando a rede. Nossas raquetes eram pedaços de azulejos e tábuas de carne. Joguei aquilo a vida toda, de várias maneiras diferentes, até começar a participar de competições pelo Sesi. Não ia ser um sargentinho de merda que ia ganhar de mim naquele jogo.

— Sargento, o senhor me colocou no pernoite só pra jogar comigo?

— Não. Te coloquei pra jogar contra você.

— Era só pedir que eu ficava, agora colocar meu nome na lista foi uma tremenda sacanagem.

— Sacanagem foi você deixar eu ganhar entregando o jogo na frente dos meus amigos. Pior do que perder para um recruta é ser ridicularizado e ganhar sabendo que o jogo foi entregue.

— Que jogo, sargento? É só pingue-pongue.

— Vai lá pro seu pernoite, guerreiro. Esse assunto encerrou aqui.

— Brasil!

Já eram oito da noite e subi para a reunião do pernoite boladão. Quando cheguei perto da guarda, meu telefone tocou pelo WhatsApp com a foto dela. Nem acreditei. Atendi e disse que não podia falar naquela hora, que mais tarde eu retornaria.

Na reunião não entendi nada do que o sargento disse. Estava tão ansioso que nem escutei qual era a senha e a contrassenha. Minha sorte foi que o sentinela do paiol me conhecia, porque quando ele me perguntou a senha, eu mandei ele se ferrar. O cara riu e me mandou pra tudo quanto era lugar.

Cheguei na companhia, sentei na calçada entre o alojamento dos sargentos e o nosso, conectei meu celular no wi-fi deles e mandei um oi pra ela pelo WhatsApp.

Oi, Viny. Te liguei pq vai rolar um churras na casa de uma amiga e queria que vc fosse.

Qnd?

Hj.

Onde?

Lá perto do shopping de Santa Cruz. Me encontra 22h na frente do shopping.

Já é. Vou agitar aqui. Bjs ❤❤

Bjs

Fiquei sem saber o que fazer. Não tinha nem grana nem roupa pra ir ao churrasco com ela. Saí correndo na direção da guarda pra ver qual soldado conhecido estava de serviço pra eu pegar uma grana emprestada. Geral sem dinheiro. A solução que me veio à cabeça foi ligar pra um amigo que empresta dinheiro a juros. Nem sabia quanto pedir. O cara empresta com 30% e, dependendo do valor, ia me quebrar todo.

Marquei com ele no shopping. Comprei uma calça, uma camisa polo maneira e um tênis da Vans. Além de pegar duzentos reais para não chegar na festa duro. Sentei na praça de alimentação pra tomar uma cerveja enquanto o tempo passava. Foi chegando a hora e o shopping já estava quase fechando. Pedi a saideira e fui caminhando em direção ao ponto das kombis, onde eu conhecia todo mundo.

Eu ali na zoação com o fiscal e os cobradores quando, de repente, para um carrão preto, dá uma ré e abre a janela. Me preparei pra correr, mas do vidro do carona escutei a voz dela me chamando.

— Faz isso comigo não, princesa. Quer me matar do coração?

— Entra aí, garoto, tá devendo?

Entrei pela porta de trás e tinha mais duas garotas sentadas. Me apresentei enquanto elas riam da minha cara.

— Ri não, garotas. O bagulho tá doido na pista. Cheio de cara maluco, né não, piloto?

— Tá certo — respondeu o cara na direção.

— Você não trouxe o violão?

— Ué? Era pra trazer?

— Como você vai fazer pra tocar lá?

— Nem sabia que eu ia tocar!

— Cada pessoa vai levar uma coisa pra festa. Eu fiquei de levar você porque você toca muito. E agora?

— Agora a coisa aqui pode dar um jeito.

O clima ficou tenso. Eu não tinha sido convidado por causa do meu lindo sorriso, mas pelos meus serviços musicais. Chegamos ao local. O carro não era Uber porque o motorista também entrou na festa. Comecei a viajar em meus pensamentos e só pensava na música "Cilada", do Molejão.

Conversei com um cara que acendia a churrasqueira enquanto o som rolava com um DJ. Acho que a minha sorte foi essa. Imaginei o motorista, o DJ, o churrasqueiro e eu como pessoas sendo usadas para trabalhar na festinha dos amigos dela.

Aquela era justamente a hora que a galera do pagode do trem estava chegando pela estação de Paciência. Liguei para o Dando e ele falou com o cunhado dele, o Natural, que também é um dos organizadores do pagode. Falei que não tinha cachê, mas a cerveja e o churrasco estavam arregados.

— Pronto, meninas. Já dei um jeito na música. Mandei a localização daqui pra uns amigos que tocam comigo e eles estão vindo com os instrumentos.

— Que bom, Viny. Você me salvou.

A casa tinha um quintal enorme com piscina e churrasqueira de tijolinho. Era um luxo. Só fiquei imaginando se a minha galera do quartel estivesse ali. Não ia dar muito certo.

A festa foi enchendo de playboy e o que mais me deixou bolado foi que todos estavam de bermuda e chinelo e eu tinha gastado a maior grana pra comprar aquela roupa. Tentei trocar ideia com os caras, mas me sentia um peixe fora d'água.

Sabia que a galera se amarrava num rock, mas eu confiava no meu time. Antes de entrar para o Exército, toda sexta-feira eu vinha naquele vagão do trem só por causa do pagode. Conhecia todas as músicas que eles tocavam. Pra falar a verdade, eu queria mesmo era dar uma sacudida naquela festa, por isso não pensei duas vezes antes de chamar a galera do samba do trem.

Quando meus amigos chegaram, todo mundo ficou olhando. Até ali, eu era o mais escuro da festa. Foi só os músicos aparecerem no quintal que todos os assuntos se encerraram.

— Quem são esses caras aí, Viny?

— Relaxa, princesa. Esse é meu time, ou melhor, minha seleção.

Apresentei cada um deles para ela e para as amigas.

Eu já tinha tudo preparado. Peguei duas garrafas de litrão, abri com a tampa da garrafa de refrigerante, fazendo aquele esporro igual quando se abre uma garrafa de champanhe, e servi geral.

O churrasqueiro já era meu brother e, quando a gente começou a fazer o nosso som, ele abriu um sorriso de orelha a orelha e mandou logo um pratinho arregado de carne para a nossa galera.

Começamos com um partido-alto de primeira qualidade. Eu sempre ficava com raiva das rodas de samba que eu ia e os caras ficavam cantando aquelas músicas antigas, que só eles conheciam. Parece até que disputavam para ver quem é que ia cantar uma que ninguém conhece.

Sempre achei que o samba deveria ser pra geral cantar e dançar, mas meu amigo Arifan, que toca no grupo Soul+Mais Samba, sempre dizia que isso era uma forma de resistência. Era como se cantar os sambas antigos eternizasse o pensamento dos compositores do passado. Já que o nosso povo não escrevia livros, eles faziam a literatura nos discos.

Sem microfone e caixa de som, tive que colocar todas as minhas forças no gogó. Parecia até que estava marchando com o sargento Eduardo, que me deixava rouco depois da marcha. Fiz o mesmo para chamar a atenção das meninas e afastá-las daqueles caras marrentos que viraram o nariz quando ouviram o nosso pagodão.

No maior estilo sambô, tocamos uma música do Rappa e uma do Charlie Brown Jr. Depois o Dando cantou uma da Legião Urbana e o Dél fez uma batida no melhor estilo Racionais MCs. Aí senti que já tinham alguns caras cantando. Mas foi quando tocamos "Grajauex" do Criolo que eles viram que a gente não era de bobeira.

Só sei que teve uma hora que as minas estavam puxando a gente pra dançar, a tiazinha dona da casa começou a pedir músicas, e lá pelas tantas da madrugada a festa era nossa. Eu estaria muito feliz se minha princesa não tivesse me ignorado a noite toda. Como não queria que ela percebesse que eu estava chateado, comecei a dançar com as amigas dela.

Confesso que não sou nenhum pé de valsa, mas no dois pra lá dois pra cá, com direito a algumas rodadinhas, nisso eu sempre me garanti. Elas já tinham bebido bastante e, como os caras não curtiam pagode, aproveitei pra tirar uma onda.

Tudo estava indo bem demais até a hora em que fui ao banheiro. Quando eu saí, escutei a dona da casa dizendo que tinha perdido o celular. Tentei segurar minha inquietação, porque sei muito bem como funcionam as desconfianças nesses momentos. Eu colocaria minha mão no fogo por qualquer um dos meus amigos ali presentes, mas eu era o único.

O marido da mulher, que nem participava da festa, apareceu no quintal pedindo pra parar a música enquanto trancava o portão e vinha falando na nossa direção que ninguém entraria ou sairia dali até o celular da mulher dele aparecer.

O clima ficou tenso. Um dos caras sugeriu que todos fossem revistados na saída. O cara tirou a camisa e disse que podiam revistá-lo sem problemas porque ele tinha certeza que sabia quem era culpado, o sexto sentido dele nunca o enganara na vida.

O disse-me-disse ia aumentando, e a gente ali, intrusos e culpados, até que se provasse o contrário.

— Calma, galera. Essa coroa tá doidona. Ela deve ter perdido essa merda de celular e não lembra onde colocou.

— Calma nada, Viny. Tá geral desconfiando da gente. Vê como eles olham pra cá direto enquanto cochicham.

Alguém sugeriu que chamassem a polícia. Outro disse que sempre faziam festas ali e nunca tinha sumido nada.

Perguntei o nome da dona da casa e pesquisei entre os amigos da Isabela. Achei a bendita no Facebook e aí fui pro Instagram. Vi que ela tinha postado uma foto dentro de um carrão. Para a minha surpresa, olhei para o quintal e vi o Camaro da foto estacionado atrás de um Jeep.

Chamei a filha dela discretamente e falei:

— Vi aqui no Instagram que sua mãe postou uma foto há menos de uma hora dentro de um carro que parece aquele Camaro lá atrás.

— Que que tem?

— Disfarça e dá uma procuradinha dentro do carro pra ver se ela não deixou cair lá sem querer.

— Tu acha que a minha mãe tá...

— Não acho nada, vamos lá que quero procurar com você.

A filha pegou a chave do carro com o namorado dela e fomos procurar o celular. Assim que ela abriu a porta, eu vi o aparelho caído no chão no lado do carona. Me deu vontade de mandar todo mundo para aquele lugar, mas minha educação não permitiu. Falei com a minha galera o que tinha acontecido, pedi para abrirem o portão e saímos sem nos despedir de ninguém.

8

Num dia rotineiro de exercício e faxina, fui chamado pelo sargento Fabiano para trocar uma ideia no alojamento dos sargentos. Eles fizeram um interrogatório. Queriam saber como eu tinha ido tão bem nos tiros. Achei que estavam desconfiados de mim, mas depois disseram que iam me treinar para ser o melhor atirador do batalhão.

Eu não queria aparecer mais do que os outros soldados EVS e, pra falar a verdade, eu nem gostava tanto assim de atirar. O barulho dos disparos me deixava com dor de cabeça. Já havia passado tanto tempo desde o dia do treinamento como recruta que eu nem me lembrava mais. Perguntei quais eram as vantagens e eles me disseram que eu ficaria fora da escala de serviços por um tempo.

Como eu estava muito chateado com a filha do sargento por não ter me defendido no churrasco dos amigos dela, eu evitava entrar no Facebook e não queria mais ficar tirando serviço por um tempo. Aceitei o convite e fomos direto ao paiol pegar munição para treinar no estande de tiros, pensando numa competição que teria no batalhão.

Peguei meu fuzil e escutei atentamente cada coisa que eles me disseram na instrução. Olhei bem para o centro do meu alvo, alinhei a massa de mira com a alça de mira e, de repente, tudo em volta embaçou e o alvo ficou em foco. Vi que era a hora de efetuar os disparos. Dei quatro tiros bem certeiros, coloquei meu fuzil apontado para o chão e fui conferir o meu desempenho com os sargentos.

— Tem certeza de que você efetuou os quatro disparos, Vinicius?

— Sim, senhor!

Observamos por mais um momento o papel à nossa frente.

— Só tem três furos aqui no seu alvo — disse o sargento Fabiano.

— Você deve ter errado o papel em algum dos tiros.

— Acho que não, sargento. Olha como esse furo aqui está diferente dos outros. Parece que acertei um tiro dentro desse buraco.

— É verdade, Fabiano... — disse o sargento Vieira, espantado, ao nosso lado, que até então tinha passado o tempo todo calado, mal-humorado. — Até que ele não é tão ruim assim.

— Claro que ele é bom! — respondeu Fabiano. — O cara ganhou de você no tênis de mesa e você ficou com raivinha e colocou ele no pernoite. O tiro dele também é melhor do que o seu, vai dar uma detenção pra ele agora também?

— Claro que não, Fabiano — respondeu o sargento Vieira, todo sem graça.

Fiquei na minha esperando pra ver o que eles iam decidir. Pensei em fazer uma piada, mas só executei as ordens. Eles me mandaram fazer outra posição de tiro e também me saí bem. Ficamos até a hora do almoço trocando os alvos, efetuando os disparos e conferindo os resultados.

Cheguei na companhia e os sargentos falaram pra geral que a CEP ia tirar onda com o Praça Mais Distinta, o Aptidão Física e o Melhor Atirador.

Peguei minha bandeja, entrei em forma e fomos caminhando e conversando em direção ao refeitório. Meus amigos ficaram me zoando, dizendo que eu era peixe do sargento Fabiano, mas a verdade é que ser amigo do sargento era a maior furada. Ele me chamava para as missões maneiras e também para as missões boca podre, como a gente chamava as coisas ruins.

Teve uma vez que o sargento me chamou para uma missão na praia da Marambaia. Os paraquedistas saltaram do avião e a gente resgatou os caras no mar com os botes modelo C4. Foi muito maneiro esse dia. Eu achei que ia rolar uma zoação, porque eu era um Pé Preto, mas os caras me trataram na moral e eu os resgatei no mar sem sacaneá-los também.

Mas teve uma missão no campo de treinamento do Gericinó em que o cara me fez cavar o dia inteiro para implantar minas terrestres, num treinamento muito maluco em que ele ficava explodindo coisas o tempo todo. Fiquei com os ouvidos zunindo por umas duas semanas, mas, como era uma missão externa, geral achava que eu estava me dando bem com a proximidade com o Fabiano.

Nossa aproximação começou no dia em que o sargento Vieira me escalou pra limpar o alojamento deles. Sempre tinha algum recruta fazendo aquilo, e fui eu o escolhido da vez.

Aprendi com a minha mãe que devemos fazer tudo como se fosse a coisa mais importante do mundo. Se fosse pra varrer um chão, eu antes deveria pensar no que poderia sujar novamente o chão e me antecipar. Ao entrar no alojamento, vi que o teto estava cheio de teias de aranha. Arrastei as camas e os armários para um lado e comecei a varrer o teto com a vassoura de pelo amarrada na de piaçava.

Quando eu estava arrastando os móveis pra varrer a outra parte, o sargento Fabiano chegou, mas não conseguiu entrar porque tinha um armário impedindo. Olhando pela brecha entre o armário e a parede da porta, ele me viu e disse:

— Tá fazendo o que aí, seu mocorongo? Tu tá maluco?

— Tô limpando aqui, sargento!

— Precisa arrastar esse trem todo pra varrer um alojamento?

— Eu disse que estou limpando, não falei que estou varrendo.

O cara ficou calado e eu continuei tirando as teias de aranha do teto e outras sujeiras grudadas. Quieto eu estava e quieto fiquei até a hora de arrastar as coisas para o lugar de volta.

— Só vou te fazer uma pergunta, seu mocorongo. Quem foi que mandou você arrastar tudo aqui dentro pra limpar o alojamento?

— Ninguém, senhor.

— Então por que você fez isso?

— Eu fui mandado aqui pra limpar o alojamento. Os meus métodos são esses. Eu não vou varrer e passar pano no chão vendo que o teto está sujo. O primeiro vento que bater aqui quando alguém abrir a janela vai sujar tudo de novo.

— Então você sai arrastando tudo como se fosse a sua casa?

— Claro, sargento. Tenho que fazer as coisas como eu faria pra mim e pra minha família.

— Então você acha que somos da sua família?

— Pelo menos é assim que eu penso todas as vezes em que estou de serviço com um fuzil na mão e vocês estão dormindo no quartel tranquilos porque tem alguém tomando conta de vocês.

— Tu é cheio das respostas, hein, recruta?

Fingi que não reparei no sorriso dele e comecei a varrer o chão como se nada tivesse acontecido. O cara continuou parado na porta do alojamento. Varri, juntei a sujeira no maior talento, recuando a pá enquanto jogava mais coisa em cima dela. Coloquei tudo num saco de lixo e comecei a esfregar um pano úmido nos móveis antes de passar o pano no chão.

— Por que você varreu o chão antes de limpar os móveis e passou o pano depois?

— Porque quando eu varri o chão a poeira subiu, e quando eu limpei os móveis a sujeira desceu, o que eu resolvi passando o pano no chão, sargento.

Quando parecia que eu tinha acabado, fui até a dispensa e peguei uma cera pra passar no piso. Encerei o alojamento todo e depois fiquei arrastando um pano seco no chão para dar brilho. Fiz tudo aquilo no horário em que todos estavam fazendo o TFM. O sargento Fabiano estava saindo do serviço na guarda e por isso não participava dos exercícios.

Quando terminei de dar brilho no chão e revisar a limpeza nos móveis, o cara ainda estava imóvel na entrada do alojamento. Parecia com pena de pisar ali, de tão limpo que estava. Então ele tirou o coturno do lado de fora e entrou só de meia pra não sujar o que eu tinha limpado.

Saí correndo na direção do sargento Vieira para dar o pronto da missão. Depois desse dia, o sargento Fabiano começou a me chamar pra fazer todas as missões com ele.

Não era fácil administrar uma boa relação com um dos sargentos mais casca-grossa do batalhão. Por ser o escolhido dele, eu tinha que ralar dobrado quando ele botava a tropa pra ralar.

No final do expediente, fui dar uma volta no West Shopping, em Campo Grande, com a galera. Naquele dia, entrou um dinheiro no nosso bolso referente aos quatro primeiros meses que a gente não havia recebido a grana das passagens. Não era lá grande coisa, mas, pra quem não esperava, caiu como uma luva pra gastar na farra.

Chegamos no shopping e entramos nas lojas pra comprar roupas, e eu só acompanhando, já que ainda devia ao meu amigo agiota, que tinha me fortalecido para ir à festa com a minha ex-princesa.

Como eu tinha saído da escala, não podia mais tirar serviços para meus amigos na intenção de arrumar uma grana por fora no quartel. Então, o que eu tinha que fazer era economizar para pagar a minha dívida. Mas não deixei de beber umas cervejas e participar das farras.

O mês passou e chegou o dia do pagamento. Meu amigo é do tipo que não fica em cima dos clientes. A pessoa tem que pagar até as vinte e três horas e cinquenta e nove minutos da data combinada. No dia seguinte, se a pessoa não tivesse pagado, perdia alguma coisa de valor.

Quando deu oito horas da noite, eu liguei e disse que só ia pagar os juros. Expliquei que estava fora da escala, não tinha como arrumar a grana toda, mas ia pagar o valor inteiro antes de finalizar o mês. O cara aceitou, mas disse que eu continuava devendo o valor que peguei mais os juros do empréstimo, tipo o mínimo do cartão.

No outro dia, fui correndo pedir pra voltar para a escala de serviços, senão eu nunca iria conseguir me ver livre daquele empréstimo. E, me livrando da dívida, eu também ia esquecer aquele dia.

A minha volta para a guarda foi festejada pela galera. A escala de serviços é uma coisa que tira qualquer soldado do sério. Fiquei de plantão no alojamento. Era coisa rara o meu nome sair na relação de quem tira serviço ali. Nem lembrava direito como era. Comparado com ficar só na guarda, o plantão no alojamento parecia o maior lazer. Não precisava ficar parado no mesmo lugar, podia até fazer umas rondas em volta da companhia, ir ao banheiro e outras coisas que não eram permitidas na guarda.

Na madrugada, quando eu estava de sentinela, de repente ouvi o soldado Leonardo Júnior, que estava detido, falando no banheiro. Achei que ele estava no telefone, mas, ao dar uma olhada rápida, vi que o cara estava em cima de uma das divisórias, com metade do corpo pra dentro da cobertura do teto rebaixado, conversando com alguém lá dentro.

Meu coração foi a mil por hora. Eu escutava a voz dele, mas não ouvia quem respondia. Parecia que ele estava falando com uma criança. Ele perguntava coisas usando termos que não eram comuns aqui no nosso meio. No início, achei que ele tava zoando, mas depois vi que tinha uma coerência nas perguntas e respostas que ele dava.

Voltei para o meu posto e esperei um pouco pra voltar e ver se estava tudo bem com ele. Pra minha surpresa, ele estava com uma cara sorridente, como se tivesse recebido uma boa notícia.

Saí do meu quarto de hora e fui direto pro grêmio assistir TV com os laranjeiras que estavam lá. Não sei se já expliquei, mas laranjeiras são os militares que moram no quartel por um tempo. Comentei com o Maximiano, que foi me render, sobre o Leonardo Júnior e ele ficou rindo...

— Ri não, rapá. Tô falando sério!

— Ele é malandro, cara. Tá fingindo só pra dar uma de maluco e sair da escala de serviços.

— Sei não, Miano. Vai lá e dá uma olhada na cara dele pra tu vê.

— Vou abandonar meu posto nada.

— Vai lá, cara. Eu fico aqui no seu lugar. Tá peidando?

Maximiano fingiu que ia me passar o fuzil e disse:

— Se eu for lá, vou encher a cara dele de porrada. Ele tá metendo caô pra não tirar serviço. Conheço ele muito bem.

— Porra, cara. Tudo pra vocês é essa escala de serviço. Vocês queriam dar uma manta no Edeveldo só porque o cara tava baixado e não tirava serviço.

— A gente ia dar uma manta até em você se tu não voltasse pra escala. Tu deu foi é sorte.

Manta, para quem não sabe, é quando uma galera se junta e joga um cobertor em cima de alguém e todo mundo dá porrada sem a pessoa perceber quem está batendo e qual a razão. Fiquei maluco de saber aquilo. Respondi:

— Tá maluco, rapá. Dei muita moral pra vocês tirando serviço de graça e ainda ia levar uma manta porque fiquei alguns dias fora da escala?

— Alguns dias é o caralho. Tu ficou mais de um mês.

Respirei fundo, subi o tom de voz e disse:

— Vai se ferrar, viado. Se tentar me dar uma manta, eu vou pegar um por um. Sabe que eu não sou de bobeira. Minha única fraqueza é na barra, no resto tu sabe que sou foda.

— Sei, sim. Na barra e na filha do sargento. Tá geral ligado que você levou um fora dela.

— Tá maluco, cara. Que fora o quê?

— Sei...

— Quem foi que falou essa parada pra você?

— Geral tá ligado, Viny!

— Caramba, o Soró é muito boca solta. Comentei uma parada com ele e ele sai contando pra geral.

— Pra geral não, irmão. Se tu quer um segredo, é só você não contar pra ninguém. Se tu conta pra um amigo, esse amigo também tem outro amigo e assim por diante. Igual na prova que a gente fez no acampamento. O sargento falou uma coisa e no final da prova, quando a gente tinha que passar a mensagem pro outro sargento, a história era totalmente outra.

— Pode crê, Miano. Agora para de falar e vai lá ver o Leonardo.

— Melhor não.

Entrei no grêmio e não falei nada com ninguém por dois motivos. O primeiro foi que eu estava impressionado com o fato de meus próprios amigos terem cogitado dar uma manta em mim. Em segundo lugar, eu estava com medo de alguém querer conferir o que realmente estava acontecendo com o Leonardo, ele se fazer de louco naquela hora da madrugada e acabar dando alteração no nosso serviço. Resolvi ficar na minha e não levar nada pra frente, pelo menos naquele dia.

Quando o serviço terminou e a gente estava limpando os fuzis para entregar ao cabo armeiro, o Miano tocou no assunto e eu disse que agora a gente poderia ver o que estava acontecendo.

Tentei não pensar nisso quando eu e o Maximiano entregamos nossos fuzis e fomos lá falar com o Leonardo.

— Colé, Leo. Tu tava falando com quem ontem no banheiro?

— Cara, se eu falar pra você, tu não vai nem acreditar. Ontem eu falei com umas cinco crianças, todas filhas de escravos.

— Tá maluco, cara. Como é que elas entraram aqui?

— Tu é doido, Maximiano? Nós é que estamos no espaço delas. Elas disseram que tinha uma sinhazinha muito má. Ela castigava as crianças e trancava elas perto do telhado onde o sol esquentava muito.

— Mas como tu subiu lá pra falar com as crianças? — perguntei.

— Elas me chamaram. Eu estava fazendo a barba e escutei um psiu. Achei que era alguém me zoando e foi quando olhei pro alto e vi uma placa sendo arrastada para o lado e a cabeça de um neguinho me chamando, pedindo água.

— E o que você fez?

— Pô, Maximiano. O que você teria feito?

— Sei lá. Acho que meteria o pé dali — respondeu o Miano.

— Eu não. Não custava nada encher a caneca que eu tava usando pra fazer a barba e levar pra eles.

— Como tu subiu? — perguntei.

O cara olhou pra mim com uma cara de chapado e respondeu:

— Subindo, ué. Subi no vaso, levantei a caneca e eles puxaram. Depois dei impulso e subi no murinho que divide as baias dos vasos.

— Caramba, Leonardo. Que doidera! — falei, querendo sair daquela conversa.

— Foi sinistro, Vinicius. Primeiro eu pensei que estava sonhando, mas teve uma hora que meu pé começou a doer por causa da posição que eu tava. Aí a curiosidade bateu e comecei a perguntar várias coisas pra eles.

— E o que eles te disseram sobre nós?

— Nada, Max. De nós eu já sei, porra, queria saber sobre eles.

Deixei os dois conversando e saí de perto. Essa experiência foi a gota d'água pra eu largar aquela vida de dormir no quartel e voltar pra casa da minha mãe.

9

Minha casa ficava a uns cinco quilômetros do quartel. Eu quase sempre ia na Kombi da linha Antares e Aço, mas os motoristas ficavam enrolando pra pegar mais passageiros no percurso, por isso resolvi começar a ir de bicicleta e chegar bem mais rápido.

Eu precisava muito da grana pra pagar meu amigo, mas inventei a desculpa da bicicleta pra matar dois coelhos com uma cajadada só. Colocava uma calça de tactel e ia pedalando, fazendo caras e bocas como se estivesse só me exercitando, mas estava mesmo era juntando cada trocado possível.

Não podia mais ficar tirando serviços dia de semana por causa do meu treinamento para Melhor Atirador, então só restava o final de semana pra ganhar uma renda extra. Eu não queria cobrir só os juros, senão eu teria que pagar mais trinta por cento e depois mais trinta, e os mil reais que peguei emprestado se transformariam em mil e novecentos a menos no meu bolso.

Conversei com a minha mãe, ela quase me matou, mas me adiantou o dinheiro. Até hoje ela fala disso. Não pela grana, mas pela irresponsabilidade de pegar dinheiro com um agiota. Ela é do tipo que não usa cartão de crédito, muito menos carnê. Vive falando que tudo isso é um tipo de agiotagem legalizada. Nem nas Casas Bahia ela compra, pois acha que eles não vendem produtos, eles vendem dinheiro e torcem para as pessoas não conseguirem pagar a prestação, pois é dessa forma que lucram.

Foi assim que consegui quitar minha dívida e seguir em frente. Finalmente eu pude relaxar para a competição de tiros no batalhão.

Os sargentos das outras companhias passaram a pegar no meu pé quando descobriram que eu ia disputar a vaga de melhor atirador do ano contra os soldados das companhias deles. Começaram a me chamar de aviãozinho, vapor, Fiel do Tráfico, Falcão, e outros apelidos. Um cara da favela quando manda bem no tiro causa sempre curiosidade e preconceito no militarismo. O fato é que meu privilégio na guarda tinha ido por água abaixo. Eles passaram a me colocar nos postos no meio do mato, onde ninguém queria ficar. Fiquei íntimo da Lixeira, do Paiol, do Jamelão e do B4, e outros postos dominados por mosquitos e formigas.

Sempre ouvi dizer que o que não mata fortalece. Inspirado nisso e na tentativa de esquecer a filha do sargento, eu tirava um serviço de primeira qualidade. Nas duas horas em que eu tinha que ficar de sentinela, treinava as posições de tiro e mirava alvos pra me acostumar com o peso e a mira do fuzil.

Sem saber, os sargentos estavam me ajudando, e muito. O fuzil parecia parte do meu corpo. Eu olhava entre a alça e a massa de mira e era como se o alvo ficasse maior a cada segundo em que eu diminuía a minha respiração.

Foi assim que me tornei o melhor atirador do meu ano. Não só isso, minhas marcas superaram a de todos os militares daquele batalhão. O coronel falou até em me inscrever nas competições fora do Exército, mas isso não foi possível porque nem tudo acontece como a gente planeja.

Fomos comemorar o meu feito no Barra Music. Foi a primeira vez que os sargentos saíram com os recrutas pra beber e zoar. Alguns puxavam o saco dos caras, mas outros zoavam com a cara deles como se fôssemos todos realmente iguais.

A formatura de entrega da boina, que é a transição de recruta para soldado do Efetivo Variável, já tinha passado e estávamos na expectativa de fazer um bom trabalho, de olho no engajamento para virar soldado do Núcleo Base.

Saí do meio deles para ir ao banheiro e, de repente, dei de cara com a Isabela saindo do bar com um copo em cada mão.

Eu já estava meio embriagado e, assim que ela abriu um sorriso acompanhado de um oi, não pensei duas vezes. Segurei na parte de trás do pescoço dela e dei um beijo bem longo e molhado, ao mesmo tempo que sentia os copos de cerveja sendo derrubados em cima de mim.

Saí dali direto para o banheiro, sem entender exatamente o que tinha acontecido. Minha carteira estava toda molhada e meu celular também. Tirei a bateria e coloquei naquele secador de mãos que solta um vento quente e forte. Depois de secar o celular e os documentos, tirei a camisa e joguei um ventinho nela pra pelo menos dar uma aliviada na umidade.

Não sabia se procurava ou se me escondia dela, já que não podia ser visto com o pessoal do quartel. Fiquei sóbrio na hora e, pra falar a verdade, eu estava bastante feliz com o beijo. Mesmo com o banho de cerveja, deu pra ver que ela tinha gostado. Senti a língua dela se esfregando na minha e os lábios dela chupando os meus.

Voltei pra perto dos meus amigos e passei o resto da noite igual ventilador, virando a cabeça e olhando pra lá e pra cá, na intenção de encontrar a minha princesa e ir atrás dela, ou me esconder por medo de ser descoberto.

Acordei no dia seguinte com a galera me chamando para o TFM, mas nem me lembrava de ter ido dormir no quartel. Tomei um banho rapidinho e fui entrar em forma pra começar os exercícios.

Já tinha virado moda os sargentos me chamarem para cantar as músicas quando a gente corria. Agora que eu era o melhor atirador do batalhão, não seria diferente. Eu mal conseguia me manter em pé e tinha que correr cantando e motivando a tropa.

Fiz os exercícios com a companhia toda e depois jogamos futebol. Eu tinha sido chamado pra entrar na seleção do quartel, mas não por ser um bom jogador. Eu era o que mais dava apoio moral para o time e que fazia graça o tempo todo no banco de reservas.

Assim que fomos liberados, corri até meu armário pra colocar o celular pra carregar. Nem sabia se ele tinha quebrado com o banho de cerveja ou se ainda funcionava. Falei com o Bezerra, que tinha feito uma gambiarra e instalado uma tomada dentro do armário dele, e coloquei meu aparelho lá quietinho.

Depois do almoço, peguei o celular e fui correndo pro banheiro ver se tinha alguma novidade. Lá estava a mensagem da minha princesa, dois pinguins se beijando.

Passei o resto do dia feliz. Contava os minutos para acabar o expediente e fazer contato com ela. Liguei duas vezes e ela não atendeu.

Parecia que o chão tinha sumido. Os pinguins começaram a fazer outro sentido. Passei a imaginar que ela só estava se referindo ao símbolo da cerveja Antarctica.

Meus amigos estavam indo pra farra, mas eu não tinha condições financeiras e muito menos psicológicas pra sair naquela noite. Fui pra casa da minha mãe e me joguei no tapete da sala. Eu fazia aquilo porque as amigas da minha irmã viviam ali, assistindo televisão e jogando conversa fora. Eu ficava sem camisa e com o short verde do quartel, sem cueca, só pra fazer exposição da minha figura. Já fiquei com muitas delas, mas dessa vez eu estava muito cansado e triste com o gelo que a minha princesa tinha me dado.

Pensei em jogar a toalha mais uma vez, mas tinha algo que me fazia repensar. Eu gostava dela de verdade, não era só pra provocar o sargento ou pra tirar onda no quartel.

Acordei com minha mãe me colocando pra ralar do chão e ir pra cama. Tomei um banho e, quando estava indo pro quarto, vi meu celular vibrando. Era ela.

— Oi, Viny, tudo bem?

— Sim! Demorei pra atender porque estava cochilando.

— Vi que você me ligou. Não atendi porque estava na faculdade.

— Legal.

— Você sumiu. Me deu um banho de cerveja e saiu correndo pro banheiro. Até esperei um pouco na porta, mas você não apareceu e achei melhor voltar toda molhada pra perto das minhas amigas. Elas me zoaram a noite toda.

Eu ainda estava abismado com a ligação. Enquanto ela falava, me recompus e respondi:

— Foi mal, Isabela. É que meu celular e meus documentos estavam no bolso e eu fiquei secando no banheiro.

— Secando? Como assim?

— É. Fiquei secando naquele soprador de vento quente que tem nos banheiros.

— Ah, tá.

— Então, te liguei mais cedo pra saber como você tá.

— Depois do banho?

— Não, depois do beijo — respondi.

Ela ficou muda, e eu não podia dizer nada enquanto ela não respondesse. Eu queria beijá-la outra vez. Várias vezes, na verdade, muitas milhões de vezes.

— Então...

— Então o quê? — respondi.

— Então, eu não sei o que dizer porque você me jogou um balde de água fria.

— Cerveja, né.

— Isso.

Rimos, depois ficamos um tempo em silêncio. Eu disse:

— É porque achei que você gostasse de beijo molhado.

— Seu bobo.

— Me desculpe, foi sem querer.

— O beijo?

— Não, não queria ter te dado um banho. Não de cerveja.

— De que, então?

Falei sem pensar, mas não podia voltar atrás.

— Banho de gato.

— De gato?

— É. Já viu como gato toma banho?

— Como?

— Com a língua.

— Nojento!

— Desculpe, mas era a minha vontade ontem.

— E não é mais?

— Acho que sempre será até o fim da minha vida.

Ficamos naquele papinho de sacanagem umas duas horas. Minha orelha fervia quando desligamos. Mas nosso papo foi bem gostoso.

Ela me chamou pra ir à casa dela na sexta-feira, na vila dos sargentos. Tentei me esquivar, mas ela disse que seria tranquilo porque o pai estaria de serviço e ela não teria aula na faculdade.

No outro dia, confirmei a informação com o soldado Edevaldo, que ajudava os sargentos com as escalas dos serviços de administração da nossa companhia. Logo depois, mandei uma mensagem dizendo que ia.

Bolei um plano pra chegar à casa do sargento sem ser visto pelo sentinela. Pra minha sorte, o sargento estava de serviço na guarda e não na companhia, senão teria chance de ele querer passar em casa em alguma hora. Mas Deus foi tão bom que isso não aconteceu.

Peguei uma moto emprestada com um amigo e cheguei de capacete, que só tirei quando percebi que o sentinela responsável pela vila dos sargentos não estava por perto. Dei um toque no celular da Isabela e ela veio sorrindo, me mandando entrar e dizendo que a mãe estava fazendo um macarrão de forno.

Fui recebido com muita atenção e uma jarra de suco de caju, que eu adoro. Mas mesmo se não gostasse, não teria como recusar a gentileza da minha futura sogra, que já me deu um boa-noite acompanhado de uma sequência de perguntas.

Fiquei enrolando pra responder, mas ela largou o macarrão no forno e voltou pra sessão de investigação da minha vida.

— Eu sou músico, senhora. Faço produção musical e componho algumas letras, que vendo para grupos de pagode.

— Tem alguma famosa? Eu adoro pagode! Minha filha não gosta muito, mas eu sou muito fã dos grupos de pagode dos anos 1990.

Papo vai, papo vem, e de repente me deu uma vontade forte de ir ao banheiro. Acho que tinha bebido suco demais e minha bexiga parecia que ia estourar.

— Posso ir ao banheiro, tia?

— Pode, sobrinho. É a segunda porta à sua esquerda.

Entrei no banheiro e estava tudo tão arrumadinho e cheiroso que minha vontade quase passou. Uma coisa que eu sempre quis ter era um banheiro maneiro. O da minha casa é tão apertado que você só consegue escovar os dentes se sentar no vaso. O delas não era grande, mas era tudo combinadinho, bonitinho, com capinha de tampa de vaso e tudo. Fiquei tão preocupado que até mijei sentado pra não correr o risco de respingar em algum lugar.

Saí do banheiro e lá estava ele me esperando. Em cima da mesa, com queijo derretido por cima. Não sei como ela soube que a minha kriptonita era macarrão. De forno, então, é covardia. Sentei com elas na mesa e detonei dois pratos gigantes.

Minha futura sogra até parou de fazer perguntas depois que me viu comendo e elogiando o tempo todo o prato que ela havia preparado. Eu ficava direto fazendo huuummm... Depois que terminamos a janta, veio a sobremesa. Doce de abóbora, do jeitinho que eu gosto. Não consegui entender como o sargento era tão filho do puto com uma mulher tão maneira e com uma filha tão linda.

Eu estava feliz de estar ali. Parecia que a gente já se conhecia há muito tempo, não queria perder aquela confiança toda que elas estavam me dando. Por isso enrolei a noite toda e fugi de vários assuntos pessoais. Por volta de umas dez da noite eu disse que estava ficando tarde e que tinha que ir embora pra não incomodar mais. Levantei, dei um abraço na minha futura sogra e minha princesa me acompanhou até o portão.

Quando ela encostou a porta, dei um abraço bem apertado nela. Ela me deu o mesmo sorriso do Barra Music, mas dessa vez sem os copos de cerveja. Quando eu ia dar um beijo nela, ela se esquivou virando o rosto, então eu coloquei minha boca bem no seu ouvido e disse:

— Nem preciso te beijar. Já te sinto toda e não preciso mais do que isso pra ser feliz...

Ela olhou bem dentro dos meus olhos, segurou a minha cabeça e disse:

— Mas eu sim.

E me beijou como se estivéssemos chupando uma manga bem doce. Aquele beijo foi sem dúvida a coisa mais gostosa que tinha acontecido na minha vida até aquele momento. Ela esfregou o corpo no meu como se quisesse ultrapassar as barreiras da física, nossas bocas haviam sido magnetizadas pelo desejo que sentíamos um pelo outro.

Saí dali com uma tontura estranha. Fiquei tão abobalhado que nem reparei que o sentinela estava me vendo sair da casa do sargento Vieira agarrado com a filha dele. Fui pra casa cantando sozinho, enquanto acelerava a moto com o visor do capacete aberto, me afogando de tanto vento e amor numa atmosfera delirante.

Cheguei em casa e nem quis sair pra não correr o risco de estragar a noite. Meus amigos do quartel insistiram, queriam ir para um baile perto da minha casa, e acabaram indo sem mim.

Eu não estava escalado para tirar serviço no final de semana, então tive a ideia de chamá-la pra sair durante a tarde, porque imaginei que o sargento estaria descansando e não ia se importar com a filha saindo cedo de casa. Marquei na frente do shopping de Santa Cruz e a busquei de moto pra darmos uma volta. Fui em direção à praia da Brisa, passei por Sepetiba e ameacei entrar no motel. Ela não esboçou reação contrária.

Então eu fui em frente e a recepcionista disse que, para entrar de moto, teríamos que pagar uma parte adiantada. Abri a carteira, dei cem reais e pedi uma suíte com piscina. Ela disse que a suíte era oitenta e oito reais no período de seis horas e que não tinha piscina.

Perguntei se estava bom, e Isabela, balançando a cabeça, respondeu que sim.

Não quis ficar reclamando da falta de piscina e por ter que pagar adiantado. Já entrei no quarto pegando uma cerveja e dando uma golada pra aliviar a tensão. Ela sentou na cama e ficou olhando na direção da televisão desligada, sem falar nada. Sentei ao lado dela e a beijei com carinho, sem querer forçar a barra.

Ficamos uns vinte minutos nos beijando e falando coisas bobas até que eu disse que ia tomar um banho pra me aliviar do calor. Ela disse que também queria tomar banho, mas iria depois de mim.

Quando entrei no banheiro, estava tão excitado que comecei a me masturbar, com medo de fazer feio na primeira vez com a minha princesa. De repente, ela entrou no banheiro e me viu com a mão na massa.

Sorrindo, disse:

— Ué, tá começando a brincadeira sem mim?

Tentei disfarçar falando que só estava lavando, e ela começou a rir.

Saí do banheiro. Pra falar a verdade, eu não estava acostumado a ficar naquele joguinho de sedução. Eu só sabia ir para o finalmente, sem muita história. Era tudo na base do já é ou já era.

Ela saiu enrolada na toalha e eu parti pra cima com tudo. Abracei ela já beijando seu pescoço e tirando a toalha pra beijar aqueles peitos lindos que ficavam me olhando enquanto eu lambia os biquinhos. Na hora em que eu comecei a descer, ela me jogou na cama com força e começou a me chupar.

Confesso que também não estava acostumado com aquilo. Eu sinto muitas cócegas no corpo todo, mas ela veio de um jeito que eu fiquei tão excitado que nem ri e muito menos pedi pra parar. Ela chupava a cabeça e fazia carinho nas minhas bolas, e depois colocava a boca de lado e ia chupando e lambendo de baixo pra cima, na lateral. Depois começou a brincar com as minhas bolas na boca enquanto me masturbava. Até que teve uma hora que ela tentou colocar a língua lá atrás e eu pulei da cama e disse que ali não. Cria de favela tem o maior receio de deixar alguém chegar perto da zona proibida.

— Para com esse preconceito bobo — ela disse, sorrindo.

Virei ela na cama e falei:

— Vem cá que agora é minha vez.

Ela me virou de volta, como uma lutadora de jiu-jítsu recuperando a guarda, e me colocou deitado. Pegou no meu pau de novo e disse:

— Tá bom, mas deixa eu continuar de onde parei...

Não preciso contar mais detalhes do melhor sexo de todos os tempos. Achei que ia surpreender a minha princesa com meus atributos sexuais e acabei tomando um "se liga" com amor de primeira qualidade.

Depois dessa tarde, a gente se encontrava direto pra transar. Ela nem ligava para shopping, show, praia, essas coisas... Ela só queria namorar pelada.

10

O batalhão passou novamente por um período de falta d'água e por isso o expediente estava terminando ao meio-dia. A gente chegava cedo, começava o TFM às oito da manhã, às dez a gente pegava firme na capina e na limpeza do batalhão, e às onze e quarenta já estávamos liberados para o banho. Só ficava no batalhão quem estivesse de serviço.

Eu estava de saída com a galera pra ir à praia quando um dos meus amigos falou para o sentinela que estava no portão das armas que ele ia morrer na hora. Pode parecer bobeira pra quem não é militar, mas "morrer na hora" é uma das piores coisas para se dizer a um sentinela. Significa que ele vai ser substituído com atraso pelo próximo, e, assim, cada minuto que passa simboliza morrer na hora.

Só sei que alguém disse isso na saída, e o sargento da guarda escutou e chamou todo mundo de volta.

Recruta é a imagem do cão. Sempre ouvi isso, mas a cada dia que passava eu tinha mais certeza de que essa expressão era a mais pura verdade.

Tivemos que ficar sentados no banco do pronta resposta até as seis da tarde. Nossa praia virou guarda e, pra piorar a situação, o sargento ainda fez a gente acompanhar o cabo durante as trocas de sentinelas nos postos.

Quando chegamos do lado de fora do batalhão, um dos sentinelas começou a olhar pra mim sorrindo. O cara já era um soldado antigo, e achei que estava rindo do nosso castigo.

— Tá rindo do que, ô viado?

— Tô rindo de você, espertinho.

— Vocês pensam que só porque chegaram aqui antes são melhores do que a gente? Lá fora todo mundo é igual.

— Tá falando o que, recruta? Cala a sua boca ou eu faço o sargento Vieira calar...

Respirei fundo e não quis acreditar no que eu estava ouvindo. O cabo da guarda, que fazia a troca de sentinelas, era da nossa companhia e se meteu no assunto sem saber do que se tratava.

— O que tá acontecendo aqui?

Ele nem deixou o cabo terminar de falar direito e já interrompeu, dizendo:

— Fica tranquilo, cabo. Estamos brincando. A gente é amigo desde antes do quartel. Não é, recruta?

O cara disse aquilo enquanto me abraçava e cochichava no meu ouvido:

— Tá ferrado, guerreiro. Te vi saindo da casa do sargento e beijando a filha dele.

Assinei minha sentença com meu silêncio e continuei sem falar durante toda a rendição. Quando deu a hora do nosso castigo terminar, o cara falou pro sargento que tinha uma coisa pra fazer e que eu ia assumir a guarda no lugar dele até o outro dia de manhã. O sargento me perguntou e eu confirmei, balançando a cabeça e pedindo permissão pra ir até a minha companhia colocar o uniforme da guarda.

Era só o que me faltava, eu agora estava sendo chantageado por um soldado antigo. Fiquei chateado, imaginando qual seria a próxima chantagem dele. Sabia que eu tinha que ficar na minha para não ser descoberto pelo sargento Vieira.

O dia amanheceu e nada do soldado aparecer pra me render no final do serviço. Saí da guarda e perdi o início do TFM com a galera da minha companhia, mas fiquei sozinho treinando flexões e barras atrás da CEP.

Quando acabou o TFM, meus amigos disseram que o sargento Fabiano estava perguntando por mim e eles disseram que eu estava saindo de serviço.

— Vai ficar rico, hein, Vinicius. Tá tirando até meio serviço pra soldado antigo.

— Rico nada. Eu tô é bolado com aquele filho do puto que me viu saindo da casa do sargento Vieira e dando um beijo na filha dele. Agora aquele vacilão do soldado Vargas está me chantageando.

— Para de mentir, cara. Você pegando a filha do sargento? Duvido — disse o Semeão.

— Caô nada, irmão. Eu tava doido pra ir à praia e por causa de vocês eu fui parar é na guarda.

— E tu vai deixar ele te chantagear até quando? Tem que tomar uma atitude! — falou o Jeremias.

— Atitude como, gente? Sou soldado EV e ele é NB.

— NB é Na Bunda deles. Dá mole, não. Pega ele lá fora!

Achei melhor não me precipitar e esperar pela próxima chantagem. Fiquei uma semana sem aparecer na cantina e deixava a companhia bem depois de todo mundo pra não correr o risco de encontrar com ele na saída do batalhão.

Na sexta-feira, marquei de ver minha princesa depois da faculdade. Quando eu estava saindo do quartel, desligadão de tudo de tão feliz, dei de cara com o soldado Vargas saindo mais uma vez da rendição da guarda.

— Colé, recruta!

— Fala, antigão!

— Tô precisando daquela força hoje de novo.

— Hoje não posso porque estou de serviço domingo.

— E o que que eu tenho a ver com isso?

— O problema é que minha farda de serviço não tá aqui.

— Tem problema, não. Vamos na minha companhia que te empresto a minha.

Não tive como escapar. Fui até a segunda companhia e fiquei esperando ele tirar a farda enquanto reclamava que a escala estava muito apertada:

— Cara, você não falou que ia me emprestar outra farda?

— Só tenho essa aqui.

— Cara, vou ter que usar a farda que você tava usando?

— Tem outra opção?

— Me dá essa merda aí então.

O cara estava todo suado e, como ele era igual ao Toni Ramos, tive que ficar uns dez minutos catando os pelos dele pra colocar a calça e a gandola. Cabiam uns três pés meus no coturno dele, e o cheiro de perfume Musk da Avon quase me sufocou.

Fiquei lá me arrumando enquanto ele ia falar com o comandante da guarda. Joguei uma água no rosto, liguei pra minha princesa, inventei uma desculpa, e subi pra guarda com a farda e com o nome daquele maldito no peito.

O serviço foi tranquilo até a hora da saída. Quando o terceiro quarto chegou, um recruta de outra companhia não encontrou o fuzil dele no cabide. Durante a noite, ele disse que já não tinha achado, mas, como o posto dele era desarmado, pensou que algum soldado tinha pegado por engano.

Eu já tinha tomado banho e colocado a farda na mochila pra lavar e entregar limpa ao ridículo, como ele tinha pedido, mas fui barrado na saída junto com todos os outros soldados de serviço.

— Ninguém vai embora até aparecer o fuzil que sumiu na guarda de ontem pra hoje. Todo mundo vai pro refeitório enquanto a gente procura nas salas de armamento das companhias.

Fomos para o refeitório e começou o maior disse-me-disse.

Fiquei preocupado porque meu nome não estava na escala de serviço. Mas, pra minha sorte, eu já estava à paisana e não carregava mais o nome daquele porco no peito.

A hora foi passando e nada do fuzil aparecer. Quando deu meio-dia, veio a notícia. Ninguém ia embora porque estavam vindo alguns oficiais e sargentos com experiência em interrogatório. Iam conversar com todo mundo pra conseguir pistas.

O suspeito número um era o dono da arma desaparecida e, na minha cabeça, eu e Vargas seríamos os outros suspeitos. O falatório começou a rolar solto no refeitório. O Efetivo Variável era sempre culpado por toda merda que acontecia no quartel.

— Recruta é a imagem do cão. Esse bisonho deve ter perdido o fuzil em algum lugar.

— Para de falar merda, seu mocorongo. Como é que se perde um fuzil assim? Só pode ter sido alguém que roubou o fuzil do cara pra cair a culpa no recruta.

O oficial de dia veio com uma lista de nomes e começou a chamar um por um.

A cada nome que aparecia, minha agonia aumentava. Eu sabia que meu nome não ia ser chamado, porque nem era pra eu estar ali.

Pra piorar a situação, o soldado certo não estaria e ia dar uma merda gigante pra nós dois.

Perguntei se alguém tinha o telefone do Vargas. O cabo Isaac, que era da guarda, era do mesmo ano que ele.

— Pra que você quer o número dele, recruta?

— Recruta não, soldado EV.

— Mesma merda.

— Merda vai dar pro seu amigo que foi embora ontem e me deixou aqui de bucha no lugar dele.

— É sério isso?

— Espera só chamar o nome dele pra você ver.

O cabo Isaac saiu de fininho e ligou para aquele merda, que chegou virado na cachaça. Pra sorte dele, o cabo era amigo do comandante da guarda e deixou ele entrar sem os oficiais verem. Ele se escondeu na segunda companhia e eu fui lá entregar a farda dele depois de dar umas pisadas nela, igual o seu Madruga fazia com o chapéu quando levava uns tapas da dona Florinda.

— Porra, recruta. Essa farda tá imunda!

— Se você lavasse essa merda, estaria limpa.

O cara resmungou e vestiu a farda, enquanto chupava uma Halls pra aliviar o bafo.

Voltei para o refeitório e o oficial de dia perguntou o que eu estava fazendo ali. Respondi que eu dormia no quartel direto.

— Você é laranjeira?

— Praticamente sim, senhor!

Ele ainda perguntou por que eu não estava arranchado, respondi que saía pra comer fora por causa da minha dieta especial.

Sentei no banco dos refeitórios com a galera do meu ano e eles começaram a fazer um montão de perguntas:

— Tava tirando serviço pro NB?

— Por que você sumiu?

— Cadê as coisas que estavam na sua mochila?

Fui ficando nervoso.

— Sério que vocês estão desconfiando de mim? Eu só rendi o cara porque aquele maldito tá me chantageando. Eu quero mais é que ele se ferre. Pisei na farda dele toda antes de entregar. Olha só como ele tá.

Naquela hora, o Vargas entrava pela porta do refeitório se escorando na parede e todo mundo riu da cara dele.

— Tá malzão, hein, seu mocorongo! — gritou um soldado do ano dele.

Sem responder nada, o cara sentou no banco, juntou os braços e dormiu com a cara em cima da mesa até a hora em que o oficial de dia o acordou perguntando se estava tudo bem.

— Tá tudo bem, sim, tenente. Só estou cansado e cheio de sono. Nem torei direito essa noite.

— É sua vez de ser interrogado.

— Vamos lá, tenente. Vamos lá. — respondeu o Vargas, enquanto seguia o tenente até a sala onde estavam os outros oficiais.

Quem ia para o interrogatório não voltava para o mesmo lugar que a gente. Os caras separaram os interrogados em uma sala e os mais suspeitos em outra. Os que ainda não haviam sido chamados ficavam na aflição dentro do refeitório.

Eu não podia dizer que tinha rendido o soldado NB no serviço. Era proibido. A gente em geral assumia o serviço todo de alguém, mas trocar durante o dia era coisa quase impossível, e aquela já era a segunda vez que eu fazia aquilo por causa do Vargas.

Deu a hora do almoço e os soldados que estavam pegando no serviço entraram para almoçar. Ficou uma zoação tremenda dentro do refeitório. Os caras começaram a dizer que geral estava ferrado, que os laranjeiras e o pessoal de serviço também seriam presos e, na hora que o tenente veio buscar o próximo a ser interrogado, geral calou a boca e o silêncio tomou conta do ambiente.

— Não quero ninguém aqui, a não ser os que estavam de serviço de ontem pra hoje. Encham suas bandejas e vão comer lá na guarda.

Os soldados da guarda se levantaram e saíram mudos.

— Você também, laranjeira. Volta pra sua companhia que depois vamos conversar com vocês também.

— Posso sair pra almoçar, tenente? — perguntei, já sabendo o que ele ia dizer. Na verdade, eu estava mesmo era jogando verde pra almoçar ali.

— Tá maluco, soldado. Ninguém sai do batalhão até esse fuzil aparecer.

— Então vou ter que almoçar aqui mesmo.

— Então almoça, seu esfomeado!

Peguei uma bandeja com um amigo na guarda, almocei rapidinho e voltei para a CEP calado. Entrei no grêmio, liguei a TV e fiquei esperando me buscarem para o interrogatório. Peguei no sono e, por volta das seis da tarde, fui acordado pelo plantão do alojamento falando que estavam me chamando lá na guarda.

Subi correndo, me apresentei para o comandante e fui direcionado para a sala dos oficiais.

— Boa noite, senhores. Sou o soldado Vinicius Lambertini 088 do Efetivo Variável me apresentando, senhores!

— À vontade, soldado. Entra e senta nessa cadeira embaixo da luz.

— Brasil!

Me senti numa daquelas cenas em que o 007 era capturado e tinha que ficar de bico calado durante o interrogatório.

— O que você faz aqui num sábado, soldado?

— Eu durmo aqui no batalhão e vou tirar serviço domingo, senhor!

— Por que você dorme aqui?

— Porque moro numa favela e, se estiverem dando tiros à noite, fica ruim de entrar lá, senhor!

— Em qual favela você mora, soldado?

— Antares, senhor!

— O quê?

— Antares!

— Como é que o Exército aceita pessoas que moram em favela perigosa? Que absurdo!

Minha vontade era de dizer pra ele que não concordava, mas preferi ficar na minha e só responder às perguntas:

— Você vê muitos fuzis em Antares?

— Vejo menos do que aqui, senhor!

— E você sempre gostou de armas?

— Pra falar a verdade, não! Tanto não gosto que sempre peço pra tirar serviço nos postos sem fuzil!

— Mas tô vendo aqui na sua ficha que você foi o melhor atirador do ano!

— Gosto de TFM e não consigo fazer as nove barras pra ficar com excelente no Teste de Aptidão Física, senhor!

— Você ligou para alguém de Antares ontem?

— Não, senhor! Só mandei uma mensagem pra minha mãe avisando que eu não ia pra casa no final de semana, porque estaria de serviço domingo!

— Só isso?

— E também liguei para uma garota pra desmarcar um encontro!

— Fala mais dessa garota.

— Tô nem entendendo o senhor, tenente! A garota é minha!

Todos riram e mandaram eu sair e chamar o próximo.

Voltei para a companhia, todo mundo estava morrendo de medo de o fuzil não aparecer. A ordem era pra geral dormir no quartel e aguardar mais orientações, mas minha farda estava na casa da minha mãe. Liguei e pedi pra ela trazer e deixar na guarda.

Minha mãe não entendeu o motivo daquela pressão toda só por causa do sumiço de um fuzil. Expliquei pra ela que se tratava de segurança nacional.

Fiquei sabendo que os tenentes ficaram com dois suspeitos. Os dois também moravam em Antares. Só não entrei na lista porque eles não sabiam que eu tinha rendido o Vargas.

Peguei as coisas que minha mãe mandou e fui dormir, já que eu tinha que tirar serviço no outro dia. Pedi para que o plantão que estivesse de serviço às seis horas me acordasse, porque sempre gostei de me preparar bem antes do horário previsto. Fui todo alinhado me apresentar para a Parada Diária. Ganhei até um FO positivo de tão bem arrumado que eu estava.

Quando fomos para a guarda, ficamos sabendo que o pessoal que passou o serviço também ficaria no quartel até o fuzil aparecer. Achei engraçado, já que eles tinham zoado a gente, e de repente vem a notícia de que eles também ficariam retidos ali.

Fui escalado para o primeiro quarto de hora, e fiquei no portão das armas porque queria ficar informado sobre tudo o que estava acontecendo. Vi os tenentes saindo da sala onde estavam os dois suspeitos de roubar o fuzil. Um deles andava de um lado para o outro e falava ao telefone, parecia alguma coisa muito importante. Pedi para alguém no banco de pronta resposta ir até lá, como quem não quer nada, para ouvir o que ele falava. Ninguém se mexeu.

Assim que fui substituído do meu posto, o tenente Lessa me chamou e me perguntou por que eu não tinha deixado o meu fuzil no cabide pra falar com ele.

— Eu não, tenente. Vai que o meu fuzil é abduzido também. Quero ir pra casa amanhã tranquilo.

— Abduzido nada. Descobrimos onde está o fuzil.

— Sério, tenente?

— Sério. Está em Antares. Você conhece o pessoal da associação de moradores de lá?

— Sim, senhor, tenente.

— Então junta uma tropa boa pra acompanhar a gente até lá.

— Selva!

Me coloquei na posição de sentido, cruzei o fuzil no peito, fiz o movimento de meia-volta, volver, e saí correndo pra falar com o sargento-comandante da guarda. Falei que o tenente tinha mandado ele escolher cinco soldados da guarda e mais quem estava saindo de serviço para a missão de resgate do fuzil em Antares.

Os caras pareciam que tinham ganhado na loteria. Tudo o que todo soldado quer é participar de missões de verdade. Só faxina e serviços entristece o povo. E só eu era soldado EV naquela tropa.

O tenente Lessa colocou todos em forma e disse:

— A missão é real. A Polícia Militar vai nos dar cobertura. Cada um vai estar com seu armamento empunhado, mas somente alguns terão munição em seus fuzis. Não quero saber de nenhuma brincadeira nem sorrisinho na hora que chegarmos na comunidade. ENTENDIDO?

— Sim, senhor! — respondemos.

— SENTIDO!

Fizemos a posição de sentido.

— FORA DE FORMA... MARCHE.

Batemos com os nossos pés bem forte no chão, gritamos "BRASIL" e saímos correndo para as viaturas. Partimos para a favela em quatro caminhões lotados. Todos com fuzil, mas só carregados com munição os de quem estava de serviço.

Assim que entramos na avenida Antares, tinham duas viaturas da Polícia Militar nos esperando. Foi a primeira vez na vida que falei com um policial. Eles nos conduziram até o posto policial, onde o presidente da associação nos aguardava. Era um final de manhã chuvoso, e o presidente estava todo molhado com aquela barriga grande e aquele boné que não saía da cabeça dele por nada.

— Fala, Viny, tudo bem? Nem sabia que você estava no quartel.

— Tudo bem. Entrei esse ano. Vim aqui com o capitão pra pegar um fuzil. Nem sabia que estava aqui.

— Pois é. Os caras compraram porque não sabiam que era do quartel. Se soubessem, nem teriam se metido nesse rolo.

— Imagino, presidente.

— Vou ligar pra eles pra marcar o local da entrega.

— Pede pra eles colocarem ali na ponte de carro. O capitão disse que não vão prender ninguém, ele só quer o fuzil mesmo.

— Tá bom. Vou ligar aqui. Eles já estão esperando pra entregar.

Logo depois que o presidente terminou de falar, vimos os caras. Ele pediu para que apenas eu e o capitão o acompanhássemos até perto da ponte, no final da rua do DPO, que eles deixariam o fuzil lá no meio.

— É o senhor que vai lá pegar e trazer pra gente, presidente?

— Claro, Viny. Eu pego e trago pra vocês.

— Pode ser assim, capitão?

O capitão olhou para os policiais e percebeu que eles não esboçavam nenhuma reação contrária.

— Por mim, tudo bem. Mas vou colocar a tropa toda de pronta resposta.

O presidente foi na frente, e o capitão e eu o seguimos a uma distância bem segura, procurando lugares para nos abrigarmos durante o caminho. A rua era bem estreita. De um lado tinha um pequeno rio que dividia a rua da igrejinha e da Fundação da Infância e Adolescência. Do outro, casas baixas e coladas umas nas outras.

O capitão foi com uma pistola na mão e eu com meu fuzil apontado o tempo todo para o chão, pra mostrar que eu não estava ali pra combater. A minha missão era de paz. Os soldados que ficaram no posto policial dariam tudo para estar no meu lugar.

Paramos na frente da barraquinha do pai do falecido Edevaldo, que fica bem perto da ponte. Estávamos com uma boa proteção, e só ficamos assistindo enquanto dois traficantes vieram caminhando com um guarda-sol enorme pela beira do valão e colocaram um embrulho bem no meio da ponte.

O presidente esperou, foi até o local, pegou o embrulho e trouxe pra gente de baixo daquela chuvinha fina que parece que nunca vai parar.

O capitão recebeu da mão do presidente o embrulho e, no mesmo instante, rasgou o saco e tirou as fitas-crepe que envolviam o fuzil. Colocou o armamento em cima do balcão da barraca e confirmou a numeração. Depois disso, voltamos para o posto policial para agradecer e encerrar a operação de resgate.

Na volta para o batalhão, fui chamado pelo capitão para ir na frente do caminhão, enquanto ele me contava como foi que eles descobriram o paradeiro do fuzil. Segundo o capitão, eles desconfiavam do soldado que tinha perdido o fuzil, mas tinham chegado à conclusão de que ele deveria ser muito burro para roubar a própria arma.

— Como foi que o soldado conseguiu passar pela guarda? Ele jogou por cima do muro, capitão?

— Antes fosse. O ridiculão pegou o fuzil no cabide, levou para o banheiro da guarda e escondeu dentro da gandola, e ninguém percebeu quando ele passou pelo portão das armas. Ele disse que ia comprar um Guaracamp na barraca e passou despercebido.

— E os caras já estavam do lado de fora?

— Sim. Vieram numa Kombi e pegaram o fuzil com ele sem ninguém ver. Vamos denunciar os cúmplices e vai parar todo mundo no xilindró.

Enquanto o capitão falava, comecei a ter medo de ser cobrado na favela por ter ido com o pessoal do Exército buscar o fuzil. Mas eu não tinha saído do quartel no final de semana nem sabia de nada até então. Por isso, não tinham como me acusar de ter sido o informante sobre a localização do fuzil.

Chegamos no batalhão e o capitão mandou um dos tenentes buscar o soldado que tinha roubado o fuzil, para prendê-lo na cela da guarda até ser transferido para a prisão oficial na Vila Militar. Quando o soldado veio na minha direção, percebi que era o Martins. Ele era até maneiro, mas desde o dia em que a gente entrou no batalhão, só falava em querer pegar nas armas. Eu sabia que ele ia acabar arrumando confusão.

Depois de tudo resolvido, tiramos o restante do serviço sem alteração. Quando passamos para o plantão na segunda-feira, recebemos a notícia do comando maior do Exército de que nenhum soldado do Efetivo Variável que fosse morador de Antares poderia tirar serviço armado até segunda ordem.

11

Servir ao quartel sem tirar serviço pode até parecer interessante, mas não gostei daquela situação. Me senti injustiçado por causa do Martins, mas lá dentro é assim mesmo, por causa de um, todos pagam.

Passei a semana toda indo pra casa na hora do almoço, por conta da falta d'água. Dava até pra dar uma volta na praia com os amigos. Já estava pensando que ia ter um final de semana tranquilo e dar uma namorada com a minha princesa, quando veio a notícia de que a gente ia ter que começar a aprender a trabalhar no rancho e na horta, fazendo a comida. Teríamos que passar a tirar serviço como ajudantes de cozinha ou regando e vistoriando as plantações no final de semana.

Foi a pior coisa que poderia ter acontecido comigo no quartel. Eu tinha problema com aquele cabo maldito do refeitório, que não podia me ver que já começava a confusão. Pedi pra trabalhar na horta, mas meu nome estava no rancho e eu não tinha escolha. Sacanagem.

Subi para o rancho com o uniforme de educação física igual sempre via o pessoal do rancho usando, mas assim que cheguei lá dei de cara com o bendito cabo. A primeira coisa que ele fez foi mandar eu voltar correndo para a minha companhia e colocar o uniforme 4º B1, que era calça camuflada, coturno, camiseta camuflada e gorro. Depois de meia hora, eu voltei pro rancho e o cabo me mandou varrer e lavar a cozinha toda, depois lavar as panelas de feijão e de arroz.

Pensa numa panela grande... essas eram maiores. A de feijão era tão grande, mas tão grande, que deu vontade de levar pra casa e usar como piscina.

Certamente ele achou que eu ia reclamar ou desistir, mas depois do que eu tinha passado até ali lavar panela era luxo. Caí pra dentro dela com um pacote de bombril inteiro e esfreguei tanto as danadas que elas ficaram brilhando igual a um espelho. O sargento responsável pelo rancho chegou e me viu terminando de lavar as panelas. Prestei continência, me apresentei e contei que tinha sido designado para trabalhar ali com eles, por ordens do coronel.

— Muito bom, soldado. Gostei do capricho com as panelas. Seja bem-vindo.

— Obrigado, senhor.

Assim que o sargento saiu, o cabo voltou. Quando ele viu as panelas tinindo, gritou:

— Tá maluco, recruta? O que você fez com as panelas?

— Só lavei, cabo!

— Só lavou é o caralho. Você gastou o bombril todo nelas?

— Era o que tinha, cabo! Se quiser, eu pego mais. Onde tem?

— Tá pensando que isso aqui é o supermercado Guanabara, que você vai lá e pega as coisas nas prateleiras? Isso aqui é o Exército Brasileiro. Essas panelas têm que ser lavadas com a vassoura de piaçava. O bombril é pra lavar os talheres dos sargentos e dos subtenentes.

— Foi mal, cabo. Amanhã eu trago um de casa. Não precisa ficar gritando.

— Tá me chamando de histérico?

— Claro que não. Só quero fazer o meu trabalho e ir pra casa. Tô aqui pra ajudar.

O cabo fechou a cara e me deu um saco enorme de batata pra descascar. Era tanta batata que eu saí de lá com os dedos dormentes. Não sabia que se usava tanta batata assim, mas é porque eles fazem purê, salada de maionese, batata frita e outras coisas que os sargentos gostam de pedir de vez em quando.

Fui pra casa no horário normal. Meio expediente não fazia mais parte da minha rotina. Agora eu teria que ajudar todos os plantões do rancho até as sete da noite, aprendendo a fazer tudo o que fosse preciso para assumir um plantão sozinho com um soldado antigo.

Teve um dia que saí do quartel pra encontrar direto a minha princesa, e ela disse que eu estava fedendo a gordura. Nem sabia onde enfiar a cara, mas por sorte ela não se importava com nada, era gulosa e me devorou como se eu tivesse acabado de sair do banho.

A gente estava se gostando de verdade, mesmo que ela andasse com aquela galera que parecia ser dona do mundo. Eu gostava de bater de frente e mostrar que, mesmo sendo morador de favela e tendo a cor de pele mais escura do que a deles, era eu que tinha as chaves para abrir o coração da Isabela.

Confesso que no início eu tive muito medo por achar que ela mandava tão bem na arte de amar que devia praticar muito com aqueles caras. E isso me deixava muito pensativo quando a gente se encontrava. Mas depois aprendi a deixar essa bobeira de lado e agradecer ao passado, que a fez ser aquela delícia de pessoa que era.

Um dia, depois de muita ralação no rancho e esculacho do cabo, eu estava descascando uns legumes quando senti um cheiro de queimado vindo do setor do cabo. Corri até lá e vi que a panela de feijão estava no fogo e não tinha ninguém olhando. Além de apagar a chama, dividi o feijão nas panelas menores para não pegar o gosto de queimado que estava no fundo da panela. Quando o cabo deu conta, eu já estava terminando de lavar o panelão pra colocar o feijão de volta e não parecer que tinha queimado.

— Tá fazendo o que aí, recruta?

— Tô só consertando suas merdas pra você não se ferrar quando o oficial de dia descobrir que você queimou o feijão da galera toda que tá de serviço.

— E quem falou que fui eu que queimei?

— Ninguém. Quem queima não é você, e sim o fogo. Mas não tô aqui pra dizer que te ajudei. Estou aqui para te ajudar mesmo.

— Valeu, recruta. Tô passando muito mal da barriga e não consegui levantar do vaso. Quer ajuda pra colocar o feijão de volta?

— Vai lavar essa mão e deixa que eu resolvo isso aqui, cabo.

Ele voltou para o banheiro e eu salvei a pele dele. Se o feijão tivesse queimado, ia dar merda pra todo mundo do rancho. Entre ele se ferrar junto com todo mundo ou ninguém se ferrar, preferi não me incluir no time que ia se dar mal. Não fiquei puxando assunto, ainda tinha muita raiva dele. Quem precisava descascar os legumes, limpar o chão e lavar as panelas era sempre eu.

Com o passar do tempo, ele começou a me pedir as coisas falando "por favor". Mas eu queria mesmo era poder voltar para a guarda, onde tinha vários amigos e zoação o dia inteiro. Não suportava ser chamado de pé de banha. Acabou que nunca tive a oportunidade de tirar serviço como responsável pelo rancho, mas, depois que trabalhei lá, nunca mais precisei colocar meu nome pra comer no batalhão.

12

O Exército foi solicitado para ajudar na segurança dos Jogos Olímpicos do Rio de Janeiro e, com isso, a escala de serviço na guarda ficou em 1/1. Isso significava que os soldados ficavam um dia inteiro no quartel, depois cumpriam expediente, voltavam para casa e no dia seguinte já estavam na guarda novamente.

Com esse fenômeno, os comandantes de companhia pediram que o pessoal que morava na favela voltasse para a escala de serviços, pelo menos enquanto o batalhão ajudava na segurança dos Jogos. O pessoal da horta não gostou muito, mas eu adorei. Não gosto de andar com cheiro de gordura por aí, e na guarda eu me sentia muito mais feliz.

A minha princesa foi trabalhar como voluntária nas Olimpíadas e a gente se via cada vez menos. Não estávamos namorando, mas eu sentia muita falta dela. Talvez na guarda eu tivesse mais chances de vê-la, nem que fosse saindo para o trabalho de manhã cedo ou voltando tarde da faculdade.

A primeira vez que tirei serviço na guarda e fiquei de plantão perto da casa dela foi até bem legal, mas achei que ia ser descoberto. Ela passou na minha frente e jurei que tinha me visto, dei até um tchauzinho, mas fui ignorado e comecei a me divertir com aquilo.

Era muito hilário passar por ela fardado e ser visto, mas não enxergado. Me coloquei no lugar dela e descobri que muitas vezes a gente age assim com as pessoas de uniforme. Até falamos um bom-dia para os cobradores de ônibus ou os garis, mas quase nunca pensamos que são pessoas como nós. O motorista do ônibus também tem problemas sentimentais, de peso, de saúde.

Uma vez tive que me esconder da mãe dela, que estava passando com o sargento Vieira. Ela sempre cumprimenta os soldados de plantão, às vezes até oferece água ou alguma coisa que esteja preparando.

Dizem as más línguas que ela é assim porque gosta dos homens de farda. Ela conheceu o marido quando ele fazia o curso para sargento das armas na ESSA em Três Corações.

Ele não era muito popular e nem se destacava no curso. Andava sozinho nos finais de semana e quase não recebia visita da família, que é de Guarabira, na Paraíba. Por ser um cara mais reservado, ficava na escola jogando tênis de mesa, totó ou correndo no campo para ficar em forma. Ela o conheceu na formatura de sargento. Dizem que algumas mulheres daquela cidade têm como lema "agarrar logo o aluno antes de se tornar sargento".

O Rio de Janeiro não foi o lugar que ele escolheu para exercer a função, mas, como suas notas não eram as melhores, acabou sem muita opção. Ela descobriu que ele viria pra cá e se aproximou dele. Os dois começaram a namorar e rapidamente se casaram, já que, para ganhar uma casa do Exército, tem de ser casado no papel.

Foi com isso, além da beleza, que ela o convenceu a tirá-la de lá e trazê-la para o Rio de Janeiro. Mas isso é o que dizem, não sei se é verdade. Só sei que a minha sogrinha é supergente boa, e ser assim faz com que muitas pessoas confundam as coisas sobre você.

Nossa volta para a guarda foi comemorada por todos os soldados do batalhão. A gente estava com tanta moral que podia até escolher os postos primeiro. Eu sempre escolhia a vila dos sargentos, a cancela da vila dos oficiais ou o portão das armas. Mas a galera gostava mesmo era de fazer a farra lá embaixo.

Nos últimos três turnos, os soldados da minha companhia foram anotados com alguma alteração de serviço. A galera estava revoltada por ter que ficar tirando guarda direto, enquanto as outras companhias iam para as missões externas. Paulo Souza era o mais alterado. Tinha noite que ele se fingia de sargento rondante e passava por todos os postos na madrugada. Só que, pra fazer isso, ele tinha que abandonar o posto, e aquilo era crime militar.

Todo mundo sabia que a galera aloprava. Até eu, quando não conseguia escolher os postos lá em cima sem o fuzil, entrava na zoação. Sempre ouvi dizer que mente vazia é oficina do diabo e, como a gente tinha que ficar praticamente toda a madrugada acordado, fazia a festa.

Num desses dias saí com a galera do quartel pra comemorar o aniversário da minha irmã e da minha mãe, que por incrível que pareça nasceram no mesmo dia. As festas lá de casa parecem uma rave, não têm hora para acabar. Como a escala estava no 1/1, tive que ir pernoitado para o quartel e dessa vez vacilei na Parada Diária: vomitei logo depois que fui inspecionado pelo tenente Lessa.

— O hálito não tá de bebida, mas a cara não me engana, soldado Vinicius!

— Ontem foi aniversário da minha mãe e da minha irmã, tenente. Me desculpe. Vou pedir para o comandante da guarda me colocar no portão das armas no terceiro quarto. Assim ganho tempo para me recuperar, senhor!

— Faça o que você achar melhor, seu mocorongo, só não dê alteração no meu serviço!

Durante o dia foi até tranquilo, mas eu só pensava em dormir e voltar pra casa, porque na guarda, por mais que a gente durma quando não está de sentinela, parece que a mente não descansa.

Fazia mais de um mês que eu não via a minha princesa e aquilo me corroía por dentro. Nunca fui de ficar ligando para as mulheres com quem me relaciono, mas com ela era diferente.

Nas duas últimas vezes em que tinha ligado, ela não me atendeu nem mandou mensagem. Aquilo me deixou com o pé atrás pra tentar contato novamente. Nem as minhas fotos no Facebook ela estava curtindo. Achei que o pai dela tivesse descoberto. Aquele cara é muito esquisito. Pensei até na possibilidade de ele a manter em cárcere privado se descobrisse nosso lance. Sei lá. Eu não estava bem.

Eu fiquei de sentinela no portão das armas de madrugada e já tinha descansado bem durante o dia. De repente veio o Paulo Souza correndo com os olhos arregalados, dizendo ter visto a assombração do soldado que se matou no mesmo local onde ele estava, no ano anterior.

Eu sabia que ia dar merda por ele ter abandonado o posto. Sugeri ao sargento-comandante da guarda que eu podia trocar de lugar com o cara. Foi assim que parei de sentinela lá na lixeira, o pior posto do batalhão. Confesso que também morro de medo dessas paradas, mas eu não podia deixar o cara ser detido por medo de fantasma. Eu sabia que ele às vezes via umas coisas sinistras ali no quartel.

Tentei distrair a mente, para não pensar na alma do cara que havia se matado. Depois de quase uma hora, mais ou menos, vi um vulto se aproximando pelo cantinho do muro. Era quase de manhã, o rondante já tinha passado. Achei que era alguém de sacanagem, mas mesmo assim me abriguei atrás da árvore e gritei para o cara parar e dizer a senha. Ele continuou a avançar pelo cantinho do muro, bem na minha direção.

Com sangue nos olhos, dei um golpe no fuzil e já fui mandando ele deitar no chão. Dei um tiro para o alto, ele se jogou no mato e começou a pedir pelo amor de Deus não me mata. Olhei bem pra cara dele e vi que era o sargento Vieira. Me lembrei de todas as humilhações que ele me fez passar no período do recrutamento. Achei que ele estava tentando me matar porque tinha descoberto meu lance com a filha dele. Nem quis saber. Aproveitei pra mostrar que coração de homem é terra que ninguém anda.

Ele começou a gritar a senha e a contrassenha, desesperado. Fingi que não escutei. Mandei ele encostar a cara no mato com os braços na cabeça. O oficial do plantão apareceu apressado, acompanhado do sargento da guarda e dos soldados de pronta resposta. Ao perceber a aproximação da tropa, ele tentou se levantar, mas dei uma pancada tão forte com meu fuzil na cabeça dele que o cara só acordou na enfermaria, duas horas depois.

O sargento-comandante da guarda ficou revoltado com a minha atitude, mas o tenente Lessa disse que eu não estava errado e que deveria responder por meus atos na esfera militar. Disse ainda que eu e o sargento ficaríamos presos na mesma cela até segunda-feira e, quando o coronel comandante do batalhão chegasse, ele ia passar o ocorrido para serem tomadas as providências.

Fui colocado na mesma cela em que o soldado que havia roubado o fuzil tinha ficado. Pouco tempo depois, veio o cabo da guarda acompanhando o sargento Vieira, pedindo que ele entrasse ali onde eu estava.

Ainda meio zonzo e com a cabeça enfaixada, o sargento sentou ao meu lado e disse:

— Você não tem medo de morrer, não?

— Eu ia perguntar a mesma coisa pro senhor agora, sargento!

— Não precisava daquilo tudo. Eu só queria saber se o sentinela estava atento.

— O senhor agora sabe a resposta!

— Só não sei por que você me tratou como um bandido e não respeitou a minha patente.

— Não consigo ver a diferença entre o senhor e um bandido. Fui treinado assim. Sou autoridade máxima no espaço em que defendo quando estou de sentinela!

O sargento estava abatido, parecia perplexo. Continuei:

— O senhor como sargento sabe que fiz o correto. Fiz e faria quantas vezes fosse necessário. Ainda mais com o senhor!

— Do que você tá falando, soldado Vinicius? Nunca tratei você mal. Muito pelo contrário, até ajudei você no treinamento para melhor atirador do batalhão.

— Me ajudou, não, sargento. Ajudou a si mesmo. Para cada um de nós que se destaca, vocês ganham o reconhecimento de serem nossos treinadores. Mas não concordo com a forma como o senhor tratou alguns soldados no período do recrutamento. Principalmente os de pele escura, como eu.

— Do que você tá falando, soldado?

— Quer que eu te lembre?

Nos levantamos e ficamos cara a cara.

— Por favor — respondeu o sargento Vieira.

— No primeiro dia em que o senhor comandou nosso recrutamento, fez aquele showzinho com o Paulo Souza e colocou o apelido nele de Soró. Logo depois, percebi sua implicância com o Maximiano, com o Jeremias e comigo.

Como ele permanecia calado, continuei contando nos dedos.

— Me colocou de pernoite só porque ganhei do senhor no tênis de mesa. Amarrou o soldado Sousa Rocha de cabeça para baixo no acampamento e deixou o cara lá pendurado enquanto ria dele. Deu uma rasteira no A. de Aquino quando ele juntava mato pra colocar no poncho, depois ainda enforcou o cara até ele quase apagar. Deu um soco na costela do De Paula e deixou o cara com dores a semana toda.

— Mas tudo isso que eu fiz é normal do recrutamento!

— Beleza, sargento, mas a única coisa que o senhor não percebeu é que todos os recrutas que o senhor pegou no pé durante esse tempo são pretos, de cor, escuros, negros, como o senhor mesmo se refere a nós.

— Ora... — disse ele, indignado.

— Nunca vi o senhor tratando mal nenhum soldado branco. Acha que estou falando besteira?

— Então você esperou uma oportunidade pra se vingar de mim?

— Não, senhor, sargento. Eu só estava defendendo meu batalhão. Se a gente for para o tribunal, vou falar apenas sobre o que aconteceu nessa noite. O que passou passou.

O silêncio tomou conta da cela e cada um sentou num canto. Ficamos mudos até o dia amanhecer. Eu deitei e fiquei olhando para o teto sem conseguir pregar o olho, ele dormiu de roncar e só acordou quando o cabo da guarda disse que tinha visita.

Era a mulher dele, ali, na minha frente. Pegou na mão dele através das grades. Olhei de rabo de olho, mas ela não tirava os olhos da atadura que ele tinha na cabeça.

Logo depois minha princesa chegou furiosa, com uma sacola que tinha um café da manhã reforçado, com pão, frutas e bolo só para ele.

Minha vontade era me esconder, cobrindo a cabeça com o lençol, mas fiquei do mesmo modo que estava antes de elas chegarem. Tentei me manter indiferente até o momento em que ele resolveu contar a sua versão do que tinha acontecido, e só depois disso foi que elas olharam para mim.

Parecia até que Deus tinha dado um pause na cena. O sargento ficou olhando pra mim e pra elas sem entender nada.

— O que foi? Vocês se conhecem?

— Não, pai. Não conheço esse cara. Só tô olhando bem pra não esquecer da cara da pessoa que tentou te matar.

Matar o pai dela? Aquele merda tinha pedido pra tomar um tiro bem no meio da cara. "Só não meti bala nele porque te amo!", pensei em falar, mas preferi baixar a cabeça e deixar as explicações para elas.

O sargento ficou com uma cara de desconfiado, mas nem eu e muito menos elas disseram qualquer coisa sobre a gente se conhecer. Percebi o constrangimento das duas e aproveitei pra dar uma de maluco e apresentar a minha versão da história.

— Senhoras, bom dia. Só quero dizer que o sargento veio no escuro tentando tomar meu fuzil e a única coisa que fiz foi o que ele mesmo me ensinou nas instruções. Defendi o meu posto com a minha atitude. Se fosse um bandido, poderia ter tomado minha arma e matar um montão de inocente. Eu não encontrei ele por acaso e o agredi. Sou um soldado com comportamento exemplar.

Esperei um momento, e encerrei assim:

— Sou o melhor atirador do batalhão, e não se pode esperar uma atitude diferente da minha pessoa.

Isabela fez cara de paisagem, mas a mãe dela estava muito surpresa por ver que era eu ali preso com o marido. O sargento ficou uma fera comigo e começou a gritar:

— Tá maluco, recruta. Pra falar com a minha família tem que ficar na posição de sentido. É "sim, senhor" e "sim, senhora". Tá pensando que é quem?

Meu sangue subiu e minha vontade era voar no pescoço dele, mas respirei e disse:

— Tô pensando que sou um preso igual a você, Vieira. Aqui dentro da cela não tem patente. Ou você me respeita ou vai passar vergonha na frente da sua família.

Não sei o que aconteceu com ele. A cara do sargento ficou vermelha e ele partiu pra cima de mim com uma força tão grande que me jogou no chão. Rolei pra baixo da cama enquanto ele chutava minhas pernas e dizia que ia me matar.

Isabela saiu correndo, pedindo socorro, e o comandante da guarda abriu a cela e acalmou um pouco o sargento. A situação estava incontrolável. O jeito foi nos separar. Ele ficou lá mesmo e eu fui transferido para a cela junto com o Gusmão, o preso da guarda.

Quando cheguei, todos os soldados que estavam no pronta resposta se levantaram e ficaram em posição de sentido pra mim. O comandante da guarda percebeu a ação dos caras e disse baixinho:

— Tá com moral, hein, guerreiro...

Acho que aquela homenagem foi a mais linda que recebi em toda a minha vida. Pensei em pedir pra sair do quartel várias vezes. Mas perceber que tinha ganhado o respeito dos soldados antigos, para mim, era a prova de que eu estava no caminho certo.

O Gusmão começou a me zoar quando entrei na cela dele. A primeira coisa que perguntou foi pelo violão. Mas logo viu que eu não estava muito pra papo e respeitou o meu silêncio.

Toda hora passava um soldado e dizia alguma palavra de incentivo. Aquilo foi me tranquilizando e, quando estava quase na hora do almoço, o comandante da guarda, o sargento Garcia, pegou sua cadeira, colocou de frente para a cela e puxou assunto:

— O Vieira tá cheio de ódio. Cuidado, hein.

— Que é isso, sargento Garcia. Não fiz nada de diferente do que o senhor faria.

— Duvido. Eu era um soldado exemplar. Fui o Praça Mais Distinta do meu ano. Sempre soube como me comportar.

— O senhor já foi soldado?

— Já. Não sou sargento de carreira. Não fiz a prova da ESSA. Entrei no quartel igual a você. Virei sargento com muita raça, depois de ter feito o curso de cabo. Não saiu a minha promoção, mas, depois que fiz pra sargento, fui o zero um da minha turma.

— Tirou onda, hein, sargento. Esse ano nem teve curso pra cabo.

Acho que, mesmo se tivesse, eu não teria feito. Tinha entrado ali pensando em ir embora, depois até achei que não era tão ruim, mas a marra de algumas pessoas, só porque eram mais antigas por patente ou por outro motivo, me deixava impaciente. Vim de uma criação em que ninguém é melhor do que ninguém. Comunidade para mim era comum unidade, e ali era um querendo ser melhor do que o outro o tempo todo.

— Vinicius, vou te contar uma coisa, mas você não pode contar para ninguém. Promete?

— Claro, sargento.

(Só vou escrever um livro falando disso.)

— Quando eu me alistei, um sargento dividiu todo mundo em duas turmas: uma que ia servir e outra que não ia. Quem ia ficar, ele mandou fazer uma fila no sol. Quem fosse embora, era pra aguardar na sombra. Não sei o que me deu, que em vez de ir para a fila certa, fui para o sol.

— Então não era pro senhor servir?

— Claro que era, mas o pessoal do recrutamento não sabia, por isso me dispensaram.

— Então quem sabia, sargento?

— Eu sabia.

— O senhor foi é bem esperto. Meteu um caô e passou batido.

— Depois que os outros conscritos foram embora, eu dei o meu máximo. Vi um montão desistindo e cada vez mais eu soube que isso aqui era pra mim. Eu toco saxofone, mas preferi lutar como todos os soldados e só falei que era músico depois que engajei.

— Que maneiro, sargento. E por que o senhor é o único sargento da banda que tira serviço normal aqui no batalhão?

— Já falei. Não quero ser diferente dos colegas só porque toco um instrumento. Serviço é serviço, por isso eu abraço a missão como meus companheiros.

— Selva!

— Brasil!

Nos cumprimentamos e ele voltou para a frente da guarda. Tentei cochilar um pouco, mas logo veio o meu almoço e, pra minha surpresa, quem trouxe foi o cabo do rancho que não gostava de mim.

— Tá agarrado, passarinho?

Preferi não responder porque não queria me estressar. Olhei pra cara dele como se nada tivesse acontecido e apenas dei um sorriso indiferente.

— Não vim aqui pra perturbar, não. Só tô aqui pra fazer o meu trabalho, que é te alimentar.

— Então coloca a bandeja aí em cima e muito obrigado.

— Tão dizendo por aí que você pegou a filha do sargento Vieira e ainda deu umas porradas nele. É verdade?

— O povo fala demais. Só defendi meu posto na guarda.

— Sei, mas não é o que estão dizendo.

— O povo fala demais.

— Tu até que é um cara maneiro, Vinicius. No início, o meu santo não tinha batido com o seu, mas, depois que te conheci melhor, vi que tu é o bom.

— Valeu, cabo. Nunca tive essa parada de santo bater com santo, não. Pra mim, as pessoas são o que elas fazem.

Enquanto ele falava, decidi comer aquela comida pra mostrar humildade e provar que não era culpa minha se ele não gostava de mim. Ele esperou eu terminar e saiu dizendo que, se eu precisasse de qualquer coisa, era só mandar alguém chamá-lo.

No fim das contas, aquela prisão até que estava boa. Ganhei o respeito dos soldados antigos e, de quebra, resolvi meu problema com o cabo do rancho.

Consegui dormir e não quis jantar. Só acordei no outro dia, quando o comandante da guarda anunciou a chegada do comandante do batalhão. O pessoal que estava no pronta resposta fez o movimento de apresentar armas. E ele passou batido pro setor dele.

Logo depois, o tenente que havia me prendido foi até a cela e me comunicou que ia me tirar dali sem maiores problemas. Perguntou se eu ia abrir alguma queixa contra o sargento Vieira, e eu disse que não. Ele saiu sem dizer nada.

Voltou um pouco depois, junto com o oficial de dia, abriu as grades e me libertou. Além de me soltar, apertou a minha mão e disse que era pra eu procurá-lo caso acontecesse qualquer coisa comigo.

13

Eu não saía muito desde que tinha começado a ficar com a filha do sargento, mas achei que já estava na hora de deixar aquilo tudo pra trás e seguir em frente.

Com o fim das Olimpíadas, aproveitamos que a escala estava mais folgada e fomos jogar bola no campinho de grama sintética do Bola Show. Depois fomos direto para a festa de aniversário do Freitas. Ele era muito conhecido na área e chamou umas amigas. Nem acreditei quando elas chegaram e entraram na piscina de três mil litros onde só estávamos o Bezerra e eu.

Uma delas encostou o pé sem querer no meu pau e aquilo parecia fazer o mesmo efeito que a Medusa quando era encarada.

— Desculpa, colega. Foi sem querer.

— Que isso, garota? Se não quiser não precisa chutar.

Ela sorriu. Então eu levantei e ela conseguiu ver o tamanho da minha animação. Sem graça, falou:

— Nossa, acho que deve ter inchado mesmo.

Sentei ao lado dela e disse assim:

— Você nem precisou fazer nada pro meu corpo sentir a sua presença, e pelo arrepio do seu corpo eu notei que o desejo foi recíproco.

— Calma, Viny, deixa a garota chegar! — gritou o Freitas, enquanto afastava meu rosto do pescoço dela.

A única coisa que fiz foi dar um sorriso enquanto ele jogava um balde de água fria na minha investida. Passei algum tempo sem praticar, mas a conquista é como andar de bicicleta, a gente nunca esquece. Não falei com nenhuma outra garota a festa inteira e sempre que um cara chegava nela, ela me olhava e dava um sorrisinho safado.

Teve uma hora que não consegui me segurar. Vi que ela tinha

ido pra fila do banheiro e fingi que passava mal justamente na hora em que ela ia entrar.

— Quer uma ajuda? — ela perguntou, enquanto eu trancava a porta.

— Quero, sim. Quero você!

Nos beijamos com muita vontade. Eu usava o short verde do quartel com uma cueca que não apertava muito as minhas coisas. Começamos a nos esfregar um no outro e, quando ela tirou a blusa e eu comecei chupar o corpo dela, o Freitas mais uma vez atrapalhou nosso lance, batendo na porta do banheiro.

— Tô nem te entendendo, Freitas!

— Pô, cara. Aqui é a casa da minha mãe. Você tá maluco?

— Tô maluco por ela!

Ela sorriu, abriu a porta do banheiro e saiu em direção à piscina. Fui atrás dela, e foi só a gente entrar que geral saiu pra nos deixar à vontade.

Namoramos ali mesmo, na frente de todo mundo. Não dava pra ver direito, mas os movimentos não enganavam ninguém. Depois continuamos ali, conversando dentro da piscina, e só saímos quando começou a tocar funk. Nessa hora, todo mundo foi pra pista dançar e rebolar até o chão.

A festa estava muito boa. Fui pegar carne na churrasqueira e ela veio por trás e me beijou de novo. Não tive escolha. Aproveitamos que todo mundo estava distraído dançando, fomos lá pros fundos da casa e namoramos mais e mais.

Quando a gente estava voltando para o meio da festa, ela falou:

— Você ainda tá namorando a Isabela?

— Quem te falou isso?

— É que vi vocês passando de moto na praia da Brisa.

— A gente não namora. Nunca tivemos nada.

— Só se foi pra você, porque ela contou pra geral da faculdade que pegava o recruta mais gato do quartel.

— Então foi por isso que você quis ficar comigo?

— Queria saber se era aquilo tudo mesmo que ela tinha falado.

Não ia ficar discutindo ali com ela. Eu não sabia o nome da garota, mas ela já sabia da minha vida. Falei pra ela que eu ia na barraca da esquina comprar uma Halls e fui embora pra casa. Pode parecer bobeira o que vou falar agora, mas me senti usado pelas duas e queria saber se aquilo era mesmo verdade.

Minha bateria do celular estava acabando, coloquei pra carregar e pedi pra minha irmã me emprestar o notebook para eu resolver um problema. Cheio de raiva, escrevi um textão e mandei pra Isabela como mensagem do Facebook. Quando eu reli o que escrevi, me bateu um arrependimento e uma vontade de apagar, mas, uma vez enviado, já era. Além disso, ela já estava lendo.

Então você mente pra mim, agride meu pai, fica com uma qualquer da minha faculdade e ainda se acha cheio de razão?

Não tive coragem de responder, me acovardei. Entreguei o notebook pra minha irmã e saí correndo pra tomar um banho. Não sabia o que fazer. Me lavei todo com muita força. Me arrependi seriamente de ter ficado com aquela garota, mas não podia fazer mais nada.

Quando saí do banheiro, vi que minha irmã digitava com muita vontade no notebook. Lembrei que não havia deslogado da minha conta e elas provavelmente estavam conversando, cheias de palavras.

— Tá falando com quem no meu perfil?

— Uma tal de Isabela tava falando um monte de besteira aqui de você. Arrasei com ela.

— Tá maluca? Quem mandou você falar com ela?

— Falei, tá falado. Se eu encontrar essa piranha ela vai ver só uma coisa. Vou acabar com a raça dela.

Pronto. Era só o que me faltava: eu briguei com o pai dela e ela vai brigar com a minha irmã. Agora minha história de amor tinha virado *Romeu e Julieta*. Pedi pra minha irmã se acalmar e entrei no quarto pra colocar uma roupa. Sentei ao lado dela e contei a história toda. Minha irmã disse que entendia e que agora estava tudo bem.

Depois de mais ou menos uma semana, eu estava vindo do mercado com a minha mãe e, quando a gente chegou no ponto da Kombi, em Santa Cruz, estava uma confusão. Curioso do jeito que eu sou, fui ver o que era e dei de cara com a minha irmã e a Isabela numa discussão enorme. Vagabunda pra lá, piranha pra cá, uns segurando de um lado, outros puxando do outro, o barraco armado e a caozada rolando.

— Para com isso, Juliana! — gritei, entrando no meio das duas. Olhei pra Isabela e balancei a cabeça de um lado para o outro, desaprovando a atitude dela.

Minha irmã veio comigo, entramos na Kombi e fomos pra casa em silêncio, um olhando pra cara do outro sem falar nada por causa da minha mãe. Quando a gente chegou em casa e terminou de guardar as compras, minha mãe desligou a TV e nos chamou pra conversar.

— O que vocês dois estão pensando da vida?

Minha irmã olhou pra mim, abaixou a cabeça e ficou muda. Parecia que nem respirando estava. Pensei em fazer o mesmo, mas minha mãe virou de lado e direcionou a pergunta pra mim:

— O que você pensa da vida, seu Vinicius?

— Não sei, mãe.

— Tá vendo? Esse é o problema. Não sabe o que fazer da vida.

Como eu continuava em silêncio, ela falou:

— Achei que, depois do quartel, você viraria homem. Mas, pelo visto, isso que as pessoas dizem de que depois do quartel os garotos amadurecem é pura mentira.

— Que é isso, mãe? Sou homem, sim!

— Ser homem não é ter essa coisa entre as pernas. Ser homem é ter responsabilidades. Seu pai podia ser o que fosse, mas ele nunca faltou com as obrigações dele.

— Mas estou fazendo as minhas, mãe.

— Calado. Fica quietinho e reflita sobre a sua vida. Você trabalhava numa casa de show antes de entrar no quartel e ficava a semana inteira vadiando por aí. Nunca quis saber de estudo. Agora que entrou no quartel, acha que depois que engajar a vida vai ser mil maravilhas.

— Pô, mãe. Eu quero engajar só pra ganhar mais e poder ajudar a senhora de uma forma melhor.

— Não tô pedindo sua ajuda. Só quero que você acorde.

Ela continuou:

— Já cansei de falar isso pra sua irmã. Ela pode até ser uma boa dona de casa no futuro, mas desde criança eu sempre fiz de tudo para que ela tivesse escolhas na vida. Eu não tive estudo e, por isso, não tive muita opção, mas vocês dois puderam estudar pra ter trabalhos dignos e parece que não querem saber de nada nessa vida.

— Tô trabalhando sério, mãe. No começo, a senhora sabe que eu não gostava muito dessa coisa de quartel, mas agora tô me dedicando pra tentar engajar, ganhar mais e trabalhar menos, como meu pai dizia.

— A questão não é ganhar mais. O problema é que, se você ganhar mais, vai gastar mais e nada vai mudar. Olha só pra sua vida. Você foi morar no quartel pra poder ficar na farra todos os dias com os seus amigos de lá. Tá pensando que eu não sei das coisas que vocês aprontam?

— O que é isso, mãe...

— O que é isso, nada. Sei o que você e seus amigos fizeram no shopping. Sei que você foi preso um dia desses, sei das festinhas que você e seus amigos fazem lá dentro. Pode pensar que sou burra, mas não nasci ontem. Quando você vinha com a farinha, eu já tava comendo a farofa.

— Pô, mãe.

— Pô, mãe é o escambau. Tu tá vendo seus amigos aí morrendo na favela por se envolver com o que não presta ou por ficar de bobeira pelas ruas. Pelo visto você vai entrar no mesmo caminho. Tá aprendendo a mexer nessas armas de guerra e depois o Exército vai te dar um pé na bunda igual fez com seu primo, e vai ter que trabalhar de segurança, porteiro ou ajudante de pedreiro, porque lá dentro vocês só aprendem isso.

— Tá me chamando de burro, mãe?

— Nem preciso. É só você parar pra pensar no que tem feito. Você estava de namorico com a menina só porque ela é filha do sargento. Não pensou no sentimento da garota, só quis tirar onda com os coleguinhas do quartel. Isso é muito feio. Já pensou se as pessoas quisessem fazer isso comigo ou com a sua irmã? Você ia gostar?

A sequência de esporro foi tão grande, que minha irmã saiu e minha mãe nem viu. Não dá pra debater com a minha coroa. Ela tem resposta pra tudo e eu só me ferro quando tento. Mas parei pra pensar no que ela estava falando, vi que realmente eu estava muito errado. Eu já estava com dezenove anos e não sabia fazer nada na vida. Precisava terminar o ensino médio e eu tinha trancado minha matrícula no início do ano. Conversar com nossa mãe é sempre a pior ou a melhor coisa do mundo. Parece que elas conhecem a gente mais do que nós mesmos.

Eu estava mesmo vivendo na sacanagem, mas decidi tentar dar uma mudada, igual quando a pessoa vai à igreja com algum amigo e o pastor pede pra ir lá na frente. A pessoa sai de lá com uma vontade imensa de ser uma nova criatura, mas as tensões vêm sempre pelas beiradas, e comigo não foi diferente.

Ficamos sabendo de um temporal no Espírito Santo que abriu uma cratera no meio de uma estrada importante para o transporte de carga na região. Só a Petrobras teve um prejuízo de quase 1 milhão por dia. Por isso, foi solicitada a montagem de uma ponte de guerra no local até eles conseguirem refazer aquele trecho da estrada.

Já era quase o fim do ano e só os soldados antigos, e os que possivelmente iriam engajar para o próximo ano, poderiam participar daquela missão. Eles colocaram a companhia toda em forma e começaram a chamar os nomes de quem ia participar. Escutei meu nome sendo chamado entre os antigos e os poucos soldados do Efetivo Variável.

Fiquei eufórico. Não só pelo fato de poder viajar em uma missão real, mas por ser escolhido entre os antigos e os soldados que eram tidos como exemplares: Anselmo era o Praça Mais Distinta; Félix, o Aptidão Física. Soró tinha virado atleta do batalhão, Maximiano era bom pra caramba e não se metia em confusão; eu era a zebra daquela lista. Além de ter sido preso, ainda tinha um pernoite na ficha, no caso do pingue-pongue com o sargento.

O nome do sargento Vieira não estava na relação, mas no dia da viagem, quando eu estava entrando no caminhão e brigando pra ficar na ponta do banco que dava pra ver a rua, ele entrou e pediu pra eu chegar para o lado, porque iria sentar ali onde eu estava.

Eu não podia discutir com o mais antigo, então juntei minha insignificância e fui lá pro meio do caminhão ficar com meus amigos, que riram muito da minha cara de nervoso por ter perdido o lugar para o sargento Vieira.

— Ri não, pô. Antiguidade é posto.

— Antiguidade e patente, né, Viny?! — disse o Semeão, enquanto imitava a voz e o sotaque do sargento.

Fomos na carroceria do caminhão de Santa Cruz até Linhares, no Espírito Santo. Cheguei lá com a bunda quadrada. Parecia o Bob Esponja.

Nem descansamos e já fomos direto montar acampamento no meio do mato, na beira da estrada. O mesmo modelo da época do recrutamento, mas a diferença é que não tinha mais esculacho. O capitão Herman foi tão maneiro que disse que todos ali éramos iguais e que ninguém precisaria prestar continência nem fazer a barba se não quisesse. Ele só queria que a gente metesse bronca para completar a missão antes do previsto.

O combinado com o Exército foi de montar uma ponte segura em duas semanas. O capitão era muito embusteiro, igual a maioria dos militares. Falou pra gente que, se pegássemos no trabalho pesado ao amanhecer e déssemos duro até a noite, ele dividiria nosso acampamento em dois: os que gostariam de ir pra farra na cidade, e os que queriam voltar cedo pra dormir.

A prefeitura mandou um cara muito maneiro pra ajudar no que a gente precisasse. Se a gente quisesse, sei lá, um pote de sorvete da Kibon depois do almoço, o cara conseguia. Se fosse uma lanterna do capitão América, ele dava um jeito. Até uma garrafa de uísque ele conseguiu pra mim, embora eu nem gostasse muito. Depois tive que pedir guaraná pra misturar.

Montamos o acampamento enquanto os caminhões não chegavam com as peças. Pra nossa sorte, o caminhão atrasou um pouco e deu tempo de almoçar tranquilo.

Com a chegada do material, ficamos descarregando e empilhando de uma forma estratégica para facilitar a montagem. O capitão disse que a gente ia tomar banho e jantar na cidade assim que terminássemos de descarregar o material.

Era notável o sorriso no rosto da galera com a possibilidade de ir pra cidade. O amigo da prefeitura disse que a gente ia jantar na melhor churrascaria da região e a comida e as bebidas seriam tudo por conta da prefeitura. O capitão disse pra gente não pedir cerveja, mas como a gente sempre ouviu dizer que recruta é a imagem do cão, desenrolamos com o garçom e ele serviu cerveja mas colocou na nota como suco.

Meu coração estava dividido entre o ônibus que voltaria para o acampamento cedo e o que ficaria até meia-noite nos esperando depois de um rolé na cidade. As palavras da minha mãe me diziam para ir descansar, mas meu instinto e meus amigos não me deixaram voltar. Pra falar a verdade, eles nem insistiram muito. O que mais me desanimou pra voltar no ônibus foi ver o sargento Vieira entrando e me chamando. Foi a gota d'água pra eu escolher a outra opção.

Nunca fui muito bom em dizer não para a farra. Por mais que eu tentasse, meu instinto sempre falou mais alto. Minha irmã diz que eu sou igual folha, qualquer ventinho me leva pra onde quiser.

Chegamos numa praça e paramos num bar que tinha música ao vivo. Eu já sabia o que ia acontecer e achei melhor ficar bebendo do lado de fora.

Antes de completar a quinta garrafa, os caras do batalhão já estavam tomando o violão e o microfone do músico e gritando meu nome. O pessoal da cidade já sabia quem éramos, pois nossa chegada tinha passado na TV local. Depois de escutar meu nome na boca dos moradores, decidi tocar alguma coisa pra não fazer desfeita. Larguei meu copo, dei um sorriso sem graça para os meus amigos, caminhei acenando para as mesas, peguei o violão e comecei com "Se", do Djavan.

Toquei outros clássicos da MPB, mas não era aquilo que meus amigos queriam. Foi aí que resolvi botar lenha na fogueira e toquei o funk "Atoladinha". Depois veio "Bonde do Tigrão", "Oh, DJ (balançando as barraquinhas)", do DJ Isaac. Quando toquei "Bumbum Granada", o bar já estava de cabeça pra baixo.

É impressionante o poder que o funk tem de agitar as pessoas. Impossível não mexer pelo menos o dedão do pé quando toca a batida. E olha que eu só estava com a minha voz e o violão do cara. O músico parecia que ia arrancar os cabelos com medo de eu arrebentar uma corda dele.

Só sei que depois que eu parei de tocar, a dona mandou o DJ colocar funk carioca porque os clientes estavam gostando.

Saí daquele minipalco aplaudido. Passei em frente a uma mesa com quatro mulheres lindas. Todas elas já tinham mais de quarenta e, como idade nunca tinha sido uma questão pra mim, dei um tapinha na mesa e saí sem olhar pra trás. Encostei num carro que estava parado lá fora e duas delas se levantaram e foram caminhando na minha direção.

— Você é bem metido, hein, carioca...

— Posso ser qualquer coisa, menos metido, meninas.

— Gostei do meninas!

— Gostei das meninas!

Elas riram, e a perguntadeira continuou:

— De qual das meninas você gostou?

— Gostei das quatro. Mas como estou em missão, só vou querer vocês duas.

— Hummm, será que você vai dar conta?

— Conta não dou. Mas, se quiserem prazer, sou o Vinicius, muito prazer!

Uma olhou pra cara da outra e começaram a rir. Antes de uma resposta ou qualquer atitude delas, chegaram três soldados antigos e se aglomeraram em cima das mulheres. Depois veio o sargento Anderson e o cabo Malta. Todos se apresentaram e babaram no rosto delas com a mania que temos de dar dois ou três beijinhos.

Ficou o maior falatório, e eu só olhava profundamente nos olhos das duas, que não conseguiam dar muita atenção ao que os caras falavam. Saí de perto e fui pegar uma bebida, mas, na hora que voltei, encostei num carro do outro lado da rua.

Lembro como se fosse hoje. Mal encostei naquela Hilux preta e as luzes piscaram como se alguém fosse entrar. Me afastei do carro meio assustado e uma delas atravessou a rua com a chave na mão. Não pensei duas vezes. Já que ela tinha aberto o carro, entrei na parte de trás do carona e fiquei aguardando ela vir ao meu encontro. Peguei o celular, comecei a jogar Subway Surfers e, enquanto me distraía pegando as moedas em cima dos trens, elas entraram na frente do carro e deram partida sem falar comigo. Olhei de relance para os caras, abri o vidro e prestei continência pra eles, que riram e me xingaram de tudo que era nome.

Eu sempre sonhei com aquele momento, mas não vou entrar em detalhes, porque a melhor parte da viagem foi quando as duas me levaram para o acampamento às cinco e quarenta da manhã e todo mundo estava acordado e se arrumava pra tomar café. Beijei as duas e corri para estar pronto às seis, conforme combinado com o capitão Herman.

O dia foi muito cansativo. A cada pausa que tínhamos da montagem da ponte, eu me jogava numa sombra e dormia pesado. Deitava no chão e só acordava na hora de voltar pro batente. O impressionante era que até mesmo quem não tinha ido pra farra fazia o mesmo que eu. Aquele dia parecia ser o mais longo de todos os que eu já tinha vivido. Fiquei nessa até a hora que escureceu e fomos para a cidade de novo, com o mesmo roteiro.

Confesso que a dúvida bateu entre voltar para o acampamento ou ficar na turminha da farra. Como só se vive uma vez, decidi viver mais momentos de loucura, e foi então que aceitei o convite do amigo da prefeitura para uma ida ao inferninho da cidade.

Minha mãe sempre dizia que alguns lugares, os que eu achava foda, eram chamados de inferninho. Acho que foi por isso que ela não conseguiu mais me levar para a igreja depois que cheguei à adolescência. Foi mais uma noite daquelas. Subi no queijo, dancei com as strippers e tudo caiu na conta da prefeitura. Não me arrisquei em voltar sem a galera. Quando nosso ônibus chegou, eu fui o primeiro a entrar pra voltar para o acampamento.

O dia amanheceu e o capitão parecia não ter coração. Ele caiu pra dentro do batente e conseguimos adiantar bastante a montagem da ponte. O prazo dado era de duas semanas, mas, do jeito que as coisas andavam, tudo indicava que iríamos terminar em menos de uma.

O prefeito mandou um recado dizendo que, se a gente terminasse naquela semana, ele faria uma festa na lagoa de Juparanã com churrasco e bebida liberada pra geral. Era o combustível que faltava. Nunca trabalhei tanto na vida, mas também nunca fui tão feliz no meio de uma ralação como aquela. Não era só por causa da festa que o prefeito tinha prometido, era também por estar numa missão real, sendo tratado como um militar normal. Ali não precisava prestar continência, fazer barba, engraxar coturno. Todos tínhamos tratamento igual. A minha revolta contra o Exército tinha ficado pra trás e, pela primeira vez desde que fui obrigado a servir, eu estava feliz por ser um militar. Naquele momento, quis seguir carreira.

Como prometido, conseguimos terminar a ponte na sexta à noite e desmontamos acampamento bem cedinho para curtir a festa do prefeito antes de ir embora.

Chegamos no rio Juparaná e parecíamos artistas. A cidade quase toda estava lá nos esperando. Foto pra cá, apertão na bunda pra lá, piscadinha acolá, e foi assim que nos despedimos da cidade de Linhares.

14

Chegamos no batalhão na segunda-feira e recebemos elogios por cumprir a missão e por nosso comportamento exemplar na cidade. Se olhassem para a nossa cara, veriam que aquela missão não foi só ralação.

Entramos em forma para uma formatura com o comandante. Não sei se já falei isso, mas todo mundo odiava as formaturas com o coronel. Ele falava muito devagar, a gente ali imóvel, na posição de sentido, enquanto ele se arrastava pra falar. O que me ajudava era ficar mexendo os dedos dos pés por dentro daquele coturno que fervia no sol quente. Eu delirava e só pensava na hora que ele ia dizer pra gente:

— FORA DE FORMA... MARCHE!

A primeira formatura que tivemos com o comandante foi terrível. Vários amigos caindo no chão. A pressão era tanta que os recrutas desabavam de cara. Eu quase caí em uma delas, mas, se fosse pra me jogar, ia apelar para o dedo na goela e forçar o vômito para não ter que cair de cara no chão.

Já sabíamos que não teríamos privilégios no batalhão. Teve gente que já chegou tirando serviço na segunda-feira. Eu mesmo fui escalado para pintar o muro do batalhão, e outros amigos que foram pra missão também pegaram na vassoura ou capinaram o quartel.

O clima ficou meio estranho com o pessoal que entrou com a gente no início do ano. Alguns começaram a não querer fazer o trabalho do dia a dia por acharem que a gente que foi pra viagem já estava com engajamento certo, e eles seriam dispensados na primeira baixa, que já seria em novembro.

Confesso que estava bem esperançoso com o engajamento, mas o mais difícil era dizer não para alguma coisa que já estava acostumado a fazer. Nos dias de serviço, tinha que ficar na minha sem direito de escolher um posto legal porque quem dizia que ia sair na primeira baixa poderia dar alteração nos postos armados lá de baixo.

Um dia, olhando as fotos de uns amigos que entraram no ano anterior ao meu, me surpreendi ao ver a Isabela numa formatura dos recrutas. Na foto, ela olhava na direção da tropa com um sorriso de orelha a orelha. O soldado Fausto, ao meu lado, riu e disse:

— Tu pensa que é o único que pegou a filha do sargento Vieira?

— Tá maluco, Fausto? Quem falou que eu fiquei com ela?

— Todo mundo sabe, rapá. Não pensa que tá passando batido, não.

Olhei de novo a foto, mesmo que não quisesse. Ele falou:

— Ela ficou com um amigo meu do ano passado. Ele era maneirão. Batia de frente com o sargento desde o primeiro dia.

— Sério?

— Pô! — ele continuou — O sargento Vieira perguntou se alguém na tropa queria fazer na mão com ele. Ficou desafiando geral, falando que não ia dar problema pro recruta que quisesse sair no tapa com ele. Foi aí que o Jesus pegou ele de porrada.

— Jesus?

— Isso. Jesus era o nome dele. O cara era muito doido. Vibrador nas montagens das pontes, mas era do tipo que não levava desaforo pra casa.

— Mas ele ficou preso porque bateu no sargento?

— Nada. A gente tava lá atrás da companhia e o sargento colocou a gente pra fazer ordem unida no sol quente o dia todo. Quando alguém errava, ele fazia geral pagar flexão no chão pelando. Aí teve uma hora que ele falou assim: "Tem alguém aí com raivinha? Se tiver a gente pode resolver isso agora. Coisa de homem, mano a mano. Se vocês não falarem, eu também não vou falar pra ninguém. Esqueça minha farda e vem fazer na mão comigo". Ele falou isso, tirou a camiseta branca do uniforme e ficou só de short e tênis com os punhos levantados. O sargento ficou xingando a gente e rodando entre nós, aí o Jesus tirou a camisa também e falou assim mesmo:

— É mano a mano, sargento?

— Pode até pedir ajuda aos seus amigos, conscrito!

— Vou precisar de ajuda pra carregar o corpo do senhor, sargento!

Jesus falou isso e levantou os punhos gingando para o sargento Vieira. "Vem, sargento. Vem!"

— E o sargento foi, Fausto? — perguntei.

— Foi e tomou uma sequência de socos na cara, terminou com um bandão que o Jesus deu nele, vendo estrelas.

— E depois?

— Depois a gente teve o maior trabalho pra tirar o Jesus de cima dele. Por mim, era pra deixar ele matar o sargento, mas a galera foi pra cima com medo de dar merda.

— Pô, Fausto. Primeira vez que escuto alguém dizer que tiraram Jesus de alguém.

— Tá rindo? Depois geral ficou sabendo disso e a gente ficou com fama de recrutas que batem em sargento.

— Que merda!

— É, e foi depois disso que o Jesus conheceu a filha dele. Antes de terminar o recrutamento, ele já tava pegando ela.

Tentei manter minha pose, mas ao olhar as outras fotos do álbum, comecei a pensar nas minhas tretas com o sargento Vieira e tentei fazer uma ligação entre mim e o Jesus. Éramos totalmente diferentes. A única coisa que nos ligava era a desavença com o pai dela.

Passei o restante da noite de serviço pensando na Isabela. Eu não queria mais pensar nela, mas essa informação nova do Fausto me fez refletir e juntar os pontos dos nossos encontros.

Assim que saímos do serviço, peguei meu celular no armário e mandei uma mensagem no WhatsApp, dizendo que precisava falar com ela. O dia passou e ela não respondeu. Toda hora eu inventava uma desculpa pra ir ao banheiro, mas era só pra dar uma conferida no celular. Confesso que bateu uma vontade de ligar pra casa dela e ignorar tudo o que nos separava, mas aí já seria abuso demais.

Estávamos em período de meio expediente. Fomos embora ao meio-dia. Quando cheguei no ponto de ônibus, encontrei um amigo que tinha servido dois anos antes na CEP. Ele estava vindo do trabalho de segurança.

— Vai sair nessa baixa agora ou vai engajar, Vinicius?

— Cara, não sei. Acho que não saio agora, mas engajar ainda não dá pra dizer que está certo.

— Mas você tá mandando bem lá na CEP?

— Estou. Acabei de voltar de uma missão que só foi soldado antigo e alguns do Efetivo Variável. O capitão disse que a gente ia engajar, mas acho que ainda tem muita água pela frente.

— É isso aí, Vinicius. Agora tu vai ganhar um pouco mais. Não dá mole igual a mim. Esquece um pouco a farra e se prepara para o mundo aqui fora.

— Tô ligado. Quero fazer faculdade. Descobri que militar tem 50% de desconto em várias faculdades. Minha mãe já me deu várias travas falando disso.

— Eu fiquei seis anos no batalhão e saí com uma mão na frente e outra atrás. Vi vários amigos meus saindo de lá do quartel direto para o tráfico ou pra milícia.

— Fica tranquilo que isso não vai acontecer comigo. Minha mãe marca durinho e não quero dar esse desgosto pra ela.

— Boa sorte pra você, Vinicius. Já se ferrou um ano inteiro, agora é só pegar mais uns anos e colocar os recrutas pra ralar no seu lugar.

O papo agora era só engajamento ou sair na baixa. Outro dia, antes de começar a formatura pra passar as ordens do dia, sentamos no chão na frente da companhia e fizemos uns pagodes falando sobre nossa realidade naquele momento, que, no ritmo da música do grupo BokaLoka, era mais ou menos assim:

Logo que cheguei
Queria ser do EB
Que desilusão, lá no batalhão
Não me acostumei
Com a ideia de ser soldado EV
Que situação, que desilusão
Estava no plantão no sapatinho
Na guarda um baixou, eu subi
Podiam ter até me avisado
Que fui parar na lixeira
No terceiro quarto
Sargento vê se para de tesar
Não guento mais pagar nenhuma fleca

Dia 30 chega logo, eu não vejo a hora
Sargento cê me convenceu
A baixa é um direito meu
Eu vou na rota
Hu uhh

Essa foi a música mais cantada naquele mês de novembro. Ninguém tinha certeza se ia ficar ou sair na rota da primeira baixa. A maioria cantava na sacanagem, porque por mais que as pessoas dissessem que não, a grande verdade é que quase todos queriam engajar. Havia exceções, tipo o Leonardo Silva, que ainda estava tirando onda de maluco e não fazia mais serviço, nem ajudava na limpeza e na manutenção do quartel.

A ansiedade tomou conta do pedaço, o mês passou batido e enfim saiu a lista da primeira baixa. Eu não estava nela. Confesso que me senti aliviado, mas fiquei triste por ver os nomes de alguns amigos que ainda tinham esperança de engajar.

A galera precisava entregar suas coisas até o final da semana e, naturalmente, ficaram fora da escala de serviços. Aquilo começou a nos deixar preocupados, pois já ia começar o mês de dezembro e sabíamos que íamos tirar serviços no Natal ou no Ano-Novo.

Quando eu estava saindo pelo portão, após o término do expediente, escutei alguém chamando meu nome na direção da casa da tia que vendia salgado e refrigerante. Achei que era a Kely, vizinha da tia e prima do meu amigo Gilbertinho, que sempre me chamava pra trocar ideia quando eu estava de serviço. Para minha surpresa, era Isabela.

Ela estava debaixo das árvores de braços cruzados e batia a ponta do pé na calçada, como se fosse iniciar um barraco ali na frente do quartel. Me despedi dos amigos e fui na direção dela.

— Saiu na primeira, Vinicius?

— Ainda não.

— Tô sabendo.

— Pois é. Acho que vou ficar. Ainda não decidi. Não gosto muito disso aqui.

— Sei.

— Algumas coisas são até legais, mas a hierarquia e a escala de serviço apertada não dão pra engolir.

— Hum hum — disse, fazendo cara de paisagem.

— Eu tava querendo falar com você faz o maior tempão mas você não respondeu as minhas últimas mensagens.

— Pois é. Estou em época de provas e quase não entro nas redes sociais. Nem as ligações estou atendendo.

— Pô.

— Sabe que sou assim. Preciso terminar logo essa faculdade. Não aguento mais morar com meus pais.

— Pais ou pai?

— Como assim?

— Tô ligado que você tem problemas com seu pai.

— Quem te falou isso?

— Meu X9 é bom. Sei até sobre o Jesus.

— Tem ido à igreja?

— Para de bobeira, garota. Sei que você namorou um cara no ano passado que também tinha problemas com seu pai — falei aquilo pra ver a reação dela.

— E o que uma coisa tem a ver com a outra?

— Não é muita coincidência você ter ficado com dois caras que brigaram com o seu pai?

— Eu nem sabia que você era do quartel. Te conheci em outro lugar. Ou você acha que só ficamos juntos por causa do meu pai?

— Não sei. Quero ouvir da sua boca.

— Então você acha que só ficamos por causa do meu...

— É. Foi isso que pensei, sim. Como você acha que fiquei quando descobri que você namorou o Jesus, que serviu na mesma companhia que eu?

— Eu conheci o Jesus antes do quartel. Ele estudou comigo na quinta série. Ele quis namorar comigo e meu pai não deixou porque eu era muito nova. Ele pegou uma raiva enorme do meu pai, e a gente saía às vezes escondido. Foi só isso.

— Então...

— Então soube que ele estava servindo, porque meu pai chegou em casa dizendo que havia se metido em uma confusão com meu namoradinho Jesus. Por isso fui até a formatura dele, pra saber se era ele mesmo.

Meio sem graça, perguntei:

— E depois disso vocês voltaram a se encontrar?

— Não. Ou melhor, sim. A gente se viu mais algumas vezes e depois ele começou a namorar sério e nunca mais tivemos nada. Acho que ele até casou.

— E como você está indo nas provas?

— Daquele jeito.

— Tá com raiva de mim?

— Não, Vinicius. Estou com saudade. Por isso estou aqui.

— Vamos marcar pra gente sair qualquer dia.

— Já chamei um Uber. Tá virando ali na esquina agora.

— Vamos pra onde, Isabela?

— Você sabe.

Fomos para o motel Sepetiba e namoramos até o dia amanhecer. Parecia que todos os meus problemas tinham ido embora naquela noite. Saímos dali como se não existisse mais nada no mundo.

Não conseguimos um Uber àquela hora, então tivemos que sair a pé e pegar uma Kombi até Santa Cruz. Eu fui direto para o batalhão e ela foi pra casa enfrentar o pai, que já tinha ligado umas trinta vezes.

Trabalhar no quartel perto da baixa é muito ruim. Os nervos ficam à flor da pele. O tempo todo tive que escutar piadinha que eu era peixe do sargento Fabiano, genro do sargento Vieira, cunhado de beltrano e amigo de sicrano; que pra mim era mais fácil porque eu tocava violão e era popular. Mas nada daquilo conseguiu tirar meu sorriso depois daquela noite maravilhosa. Eu estava definitivamente apaixonado. Ela poderia ter namorado até o coronel do batalhão, que eu não estava nem aí pra mais nada.

A semana passou. A formatura da primeira baixa foi muito triste. Vários amigos que batiam no peito dizendo que não queriam ficar mais no quartel choravam dizendo que iam sentir falta do nosso convívio. Eu estava de serviço e não precisei ficar ouvindo o comandante do batalhão falando mais devagar do que o Papa rezando missa.

Na hora em que a galera passou pela guarda para ir embora, pude me despedir. Pareciam as férias da escola, quando meus amigos passavam e eu ficava de recuperação. Pior do que ouvir as lamentações de quem saiu na baixa foi escutar a reclamação dos soldados antigos porque a escala de serviços voltou a apertar. E olha que só tinha saído quarenta por cento do Efetivo Variável.

Os soldados fora da escala começaram a ser perseguidos pelos mais antigos. Todos os dias depois da formatura da manhã, antes do TFM, era uma ladainha enorme dos antigos. A gente não reclamava, afinal nossa vontade era ralar o que fosse preciso pra justificar nossa permanência, conseguir mostrar merecimento e ficar mais alguns anos no quartel.

Certo dia, eu estava tranquilo de serviço na guarda quando o telefone público, mais conhecido como Orelhão, tocou, e um dos soldados que estavam de pronta resposta atendeu. Eu estava no meu horário de descanso e ele foi me chamar dizendo que era a minha irmã no telefone. Levantei reclamando e corri até o Orelhão, enquanto os bobos gritavam, me chamando de cunhado.

— Alô. O que que foi?

— Alô, meu gostoso. Quero te ver hoje!

— Isabela?

— Quem mais ia te chamar de gostoso?

— Sei lá. Minha mãe é uma que me chamaria assim.

— Palhaço. Onde você tá de plantão hoje?

— Tô no estande de tiros. Não tem acesso à rua.

— Poxa. Hoje eu tô com vontade de fazer uma loucura com você.

— Que tipo de loucura?

— Vem aqui pro posto perto da minha casa que você vai ver…

Ela disse isso e desligou. Comecei a suar frio, fui correndo para o local de descanso e saí perguntando quem é que estava no posto da vila dos sargentos. Achei que era um soldado antigo, mas me informaram que era alguém do Efetivo Variável da segunda companhia.

O soldado era o De Brito, o mesmo que uma vez pediu pra fumar maconha no estande, no dia que eu estava lá de serviço. Eu nunca ia jogar isso na cara dele, mas não custava tentar desenrolar uma troca na amizade:

— Colé, De Brito.

— Fala tu, Vinicius.

— Tu tá de serviço na vila dos sargentos?

— Tô. Maior merda aquele lugar. Tô querendo fumar um e lá é a maior sujeira.

— Posso te ajudar.

— Como?

— Meu posto é lá no estande. Dá pra fumar e ficar de boa.

— Sério mesmo? Tu faria isso por mim?

— Claro, irmão. Por nós. Estou querendo pegar um vento e olhar pessoas. Lá no estande eu só vejo mato.

— Então beleza, Vinicius. É a gente mermo no bagulho.

— Então combinado. Não precisa falar com o cabo da guarda. Vamos trocar e pronto.

Chegou a hora de render o plantão e trocamos sem falar nada com ninguém. Fui ao banheiro dar uma lavada no meu pau, caso ela quisesse fazer algum carinho na região. Na hora que cheguei na vila dos sargentos, o sentinela perguntou pelo De Brito. Mandei ele ficar na dele e assumi o posto. Cheguei lá na maior expectativa. Fiquei analisando os pontos onde daria pra rolar alguma coisa. Passei na frente da casa dela. A televisão estava ligada, e a luz da sala, acesa.

Fiquei andando de um lado para o outro numa ansiedade danada e, de repente, escutei um assovio. Era o rondante. Fiz um aceno para ele, que nem quis saber de senha e contrassenha. O cara anotou que estava tudo o.k. e foi embora para abordar os outros sentinelas.

Assim que ele se foi, olhei para trás e ela vinha na minha direção. Meu coração acelerou. Se alguém visse a gente junto ia dar merda. Se o pai dela visse, ia dar morte.

Ela já chegou me agarrando. Atrás do portão que dá acesso ao batalhão, tem uma guarita que quase não é usada. A gente só vai pra lá quando tá chovendo muito, mas ela nem quis saber. Abri a porta e comecei a subir pela escadinha da guarita. Enquanto eu tentava subir, ela puxava minha calça e apertava a minha bunda me chamando de gostoso, e arranhava minhas pernas. Assim que eu consegui entrar na guarita, dei uma olhada para ver se estava tudo bem, e enquanto isso ela tirava a minha calça e se abaixava.

Fiquei meio tenso, porque as paredes da guarita são recobertas de tinta fabricada pela imaginação dos soldados que ficam ali por duas horas sem ter o que fazer. Tive que ignorar o ambiente e me entregar totalmente a ela. Namoramos até a hora da rendição. Me deu vontade de dizer pro cara que ia me render pra dar meia-volta e sumir da minha frente, mas, como eu não podia receber nenhuma punição por causa do meu engajamento, achei melhor sair correndo dali com ela e me recompor.

Voltei para a guarda e sentei no banquinho do pronta resposta com a cabeça nas nuvens. O De Brito me agradeceu por trocar com ele e todos ficaram felizes sem dever nada a ninguém. Como funcionou dessa vez, ela passou a pedir pra eu tirar serviço sempre ali.

O mês foi passando tão rápido que, quando me dei conta, já estávamos na semana do Natal e, pra minha surpresa, eu estaria de serviço no dia 25 e no dia 31 de dezembro. Soldado do Efetivo Variável só se ferra, mas não me importei, aquele batalhão era minha nova família. Acredite se quiser, mas levei parte da minha ceia de Natal para a galera que estava de serviço no dia 24.

Mas o que eu queria mesmo era uma desculpa pra ver a minha princesa e unir o útil ao agradável. Tentei ligar mas ela não atendeu. Nem apareceu perto da guarda. Fui até a vila dos sargentos e chamei na porta da casa dela.

— Tá doido, Viny?

— Vim te desejar feliz Natal. Todo mundo deseja feliz Natal, até para as pessoas desconhecidas.

— Mas o meu pai e minha mãe te conhecem muito bem.

— Se eles aparecessem, eu ia fingir que estava bêbado e ia abraçá-los.

— Vai embora. Amanhã a gente se vê.

— Então me dá um beijo. Aproveita que o sentinela tá lá perto do nosso portão.

Nos beijamos bem rápido e entrei no carro que tinha pegado emprestado do cabo Ribeiro, que estava de serviço. Fiz o retorno e voltei buzinando e gritando o nome dela enquanto eu passava pelo outro lado da rua.

Cheguei em casa com a minha mãe me xingando porque eu tinha comido a coxa do Chester antes da meia-noite. Não sei por que ela só libera a ceia de Natal pra gente depois da meia-noite. Parei de beber porque teria que tirar serviço no outro dia bem cedo. Como todo ano, eu andei a favela de ponta a ponta pra desejar feliz Natal pra todo mundo. Passei na casa dos parentes, amigos e conhecidos dos amigos, e acabei vendo o dia amanhecer no baile funk do Brizolão.

Saí correndo do baile, peguei minha mochila e fui para o batalhão. Mas eu estava tão bêbado, mas tão bêbado, que acabei esquecendo que eu tinha ido embora com o carro do Cabo. Ele conhecia a minha irmã e aceitou minhas desculpas por ter feito ele passar lá em casa pra pegar o próprio carro.

Como de costume, pedi para ficar no terceiro quarto de hora para descansar um pouco até chegar o meu turno. Nem lembro em qual posto fiquei naquele dia, porque todo mundo dos postos lá de baixo ficou no estande de tiros tomando vinho no cantil do Semeão.

Aquele serviço foi o mais alterado que tirei. O sargento da guarda era o Costa, e era o último ano dele como sargento temporário. Ele disse para os rondantes que tinha autorizado a nossa troca de postos porque todo mundo estava com sono naquele dia natalino.

O cabo Nascimento estava fazendo o plantão do rancho. Ele passou pela guarda e o sargento Costa perguntou qual era o prato do dia.

— Salpicão, sargento!

— Que picão que nada. Esse picão é a sobra do peru de ontem. Para de sacanagem, seu pé de banha.

Todo mundo começou a rir. O cabo Nascimento levou na brincadeira e serviu um rango de primeira qualidade. Só aquele mate que bebemos o ano todo é que não cairia bem naquele dia. Fizemos uma vaquinha e compramos uma Coca-Cola geladinha na barraquinha da tia.

Aquele sargento era brabo. Ele sabia das coisas. Passamos a noite toda e entregamos o serviço de boa, sem nenhum estresse. Pena que não tirei mais serviços com ele durante o ano. Minha princesa tinha saído com a família e a falta dela foi menor por causa da atitude do sargento de deixar a gente à vontade.

15

Último dia do ano e eu de serviço na guarda. Nunca tinha passado a virada longe da minha família, que costumava se reunir lá em casa pra comemorar a entrada do ano novo com aquela farra de sempre. Minha mãe vivia reclamando da bagunça que ficava, então desde pequeno eu ajudava a coroa com a arrumação depois das festas.

— Esse povo é engraçado. Traz uma tigela de qualquer coisa, ou uma mala de latão, e acha que é o dono da festa — dizia minha mãe enquanto eu lavava a louça.

— A senhora sempre fala isso, mas todo ano faz a maior questão de organizar a farra.

Fui me arrastando para o quartel, mas feliz porque ia encontrar a minha princesa naquela noite. Pedi para ficar no primeiro quarto de hora, para não passar a virada do ano no meu posto de serviço. Acabei não conseguindo ficar na vila dos sargentos, fui parar no estande com um amigo muito doido, o Naldo.

Naldo se sentia agoniado por estar de serviço. Ele não entendia por que não tinha saído na primeira baixa. Falou sobre isso o tempo todo, das oito às dez da manhã. Confesso que já estava ficando irritado com as reclamações dele. Pra piorar, não consegui falar com a Isabela.

Assim que saímos do posto, liguei pra ela, mas só caía na caixa postal. Mandei um recado por WhatsApp e fiquei atento ao celular.

Amor, meu pai me levou pra passar o Ano-Novo na casa da minha vó. Devo voltar só no dia 2. Feliz Ano-Novo, meu gostoso.

Li aquela resposta e fiquei muito chateado. Já ia ficar longe da minha família e, agora, nem a minha princesa ia me fazer visitas surpresas na guarda. Eu já tinha até planejado sair escondido pra dar uns beijinhos gostosos nela.

Almocei e comecei a reclamar mais do que o Naldo. Antes era ele, agora era eu que não parava de falar. No serviço das duas às quatro da tarde, o cara nem teve tempo de reclamar. Assumi o papel do mala e assim ficamos mais duas horas, até sermos rendidos.

Quando chegou no quarto de hora das oito até as dez da noite, o Naldo falou que queria tomar umas bebidas maneiras. Falamos de vodca, vinho e uísque. Nós estávamos duros e não tínhamos como comprar nada. Foi aí que surgiu a ideia de recruta da cabeça do Naldo.

— Pô, Vinicius, se você tiver disposição, eu sei como a gente consegue uma bebidinha padrão sem gastar um puto do nosso bolso.

— Tá maluco, cara? Como é que a gente vai arrumar bebida aqui dentro? Vai roubar o cassino dos oficiais?

— Não, irmão. A gente vai sair do batalhão no sapatinho e vai arrumar umas bebidas.

— Como?

— Você tá com seu short do quartel por baixo da calça?

— Estou.

— Então vamos numa missão de resgate ali em Sepetiba, mas tem que ser meia-noite em ponto.

— E como a gente vai?

— Tô com uma moto lá fora. A gente finge que vai falar com a tia da barraca e sai de pinote pela rua de trás que dá na Assembleia de Deus.

— Tu é maluco!

— Tá com medo, Vinicius?

— Tô, não. Tu sabe que eu não amarelo.

O plano já estava formado. Fomos rendidos do nosso posto às dez, ficamos destacados do restante da galera e, assim que o sargento se descuidou, demos um alô no sentinela do portão das armas e saímos do batalhão.

Subimos na moto dele e fomos empurrando sem fazer barulho. Só demos partida na rua de trás e partimos para Sepetiba fardados e sem capacete. Ele corria muito e eu estava cheio de medo de dar alguma merda, mas não falei nada para não manchar a minha reputação.

Quando passamos por Nova Sepetiba, ele parou a moto numa borracharia e começou a tirar a farda e pendurar num varal que tinha lá.

— Vamos, irmão. Não temos a noite toda. Tira logo essa roupa!

Sem falar nada, tirei a minha farda e coloquei lá junto com a dele. Passou um montão de coisas na minha cabeça. Fiquei planejando o que fazer caso desse alguma coisa errada. Só de short, subimos na moto e fomos para a praia de Sepetiba, onde acontece uma das maiores festas de virada de ano da Zona Oeste do Rio de Janeiro. Surpreendentemente, ele parou bem longe de onde estava acontecendo a festa. Desceu da moto, conferiu a hora no relógio e fomos caminhando na direção do mar.

— Tá maluco, cara? Tu disse que a gente ia arrumar umas bebidas. Se era pra tomar banho, era melhor a gente ter mergulhado no lago do batalhão, pô!

— Cala a boca e me segue. Tu sabe nadar?

— Claro que sei. Mas não vou entrar aí, não!

— Para de graça e entra logo. Veio até aqui pra ficar com medo?

Ele falou a palavra mágica. Entrei devagar e segui aquele maluco até a água bater mais ou menos na altura do meu pescoço. Caminhamos na direção da festa os vinte minutos restantes sem parar. Não fomos nadando porque ele disse que chamaria a atenção.

Quando deu meia-noite em ponto, os fogos começaram a iluminar o céu e eu fiquei assistindo à queima, só com a boca e os olhos para fora d'água. Não entendia o que estava acontecendo, mas já que eu ia passar aquela virada longe da minha família e da Isabela, pelo menos ia ser uma noite marcante.

— Me ajuda aqui, cara!

— Oi?

— Pega um desses que tá vindo, Vinicius.

Quando eu olhei, o cara estava pegando dois barquinhos oferecidos para Iemanjá.

— Tá maluco, cara? Essa parada é pra Iemanjá!

— Ela não vai se importar, não. Olha quanta coisa ela tá recebendo. Imagina na Bahia como ela deve tá arregada!

Peguei o primeiro barquinho que veio na minha direção e fomos carregando bem devagar pelo fundo, na direção de onde paramos a moto. Só olhamos o que tinha dentro quando chegamos a uma distância bem segura da festa. Foi aí que vimos que tinha uma garrafa de 51 no meu barquinho e uma de uísque e de sidra no dele.

— Vamos fazer a festa naquele batalhão hoje, Vinicius.

Subimos na moto de volta para o batalhão. Passamos na borracharia, colocamos a farda ainda molhados e corremos para não dar nada errado. O sargento não tinha notado a nossa saída e entramos com as garrafas escondidas por baixo da farda. Passamos as bebidas para o cantil e ficamos tomando umas antes de assumir o posto.

Quando rendemos os sentinelas, já estávamos bem animados. Contamos que tínhamos bebidas pra galera que estava nos postos perto do estande e virou festa até as quatro da manhã, que foi o nosso último quarto de hora daquele serviço que nem rondante teve, ou teve e a gente não viu.

16

Em janeiro, o batalhão parecia uma empresa entrando em falência. Meio expediente até o talo, faxina, cortar mato, TFM e outras coisas rotineiras. Nunca suportei bater de frente pelos corredores com o sargento Vieira, mas eu estava com muita saudade dele. Ou melhor, da filha dele. Descobri que ele não precisava mais trabalhar na formação de recrutas, mas fazia uma questão imensa. Deve ter sofrido muito bullying na escola e encontrou uma forma de se vingar das pessoas sendo carrasco no treinamento dos recrutas.

Quando chegou no meio do mês, começaram a aparecer os conscritos para saber quem iria servir ou sobrar, igual a gente tinha feito um ano antes. Alguns amigos que entraram comigo começaram a sacanear os novatos. Eu não ia repetir o que fizeram comigo. Os caras passavam em fila e a galera ficava ameaçando. Como fiquei na minha, fui chamado pelo tenente Lessa para ajudar na formação deles.

Fiquei meio bolado, porque era a maior ralação passar o dia com eles. Mas, quando vi que tinham alguns garotos de Antares, achei maneiro poder ajudar a galera. Enquanto alguns sargentos e soldados gritavam, eu sempre vinha na disciplina, mostrando como fazer as coisas sem nervosismo.

No primeiro dia, o sargento me dizia qual movimento da ordem unida era pra eu fazer, e eu executava prontamente os comandos. Não tinha mistério, mas eles sempre se atrapalhavam, da mesma maneira que o pessoal que entrou comigo. Toda vez que o sargento mandava virar para a direita, metade virava para esquerda. Eu tinha um macete bem simples. Toda vez que o sargento dizia:

— DIREITA...

Eu mexia o dedão direito do pé para assimilar o comando.

No VOLVER! era só virar para o lado certo sem medo de errar. Eu tinha tentado explicar isso para a galera do meu ano, mas eles não me ouviram. Agora era diferente; eu já era um soldado formado e os conscritos me respeitavam e obedeciam. Eu às vezes pedia licença para o sargento, dizendo que ia explicar e passar um bizu, e quase sempre era elogiado por ele. Com isso, fui ganhando moral com os superiores e com os conscritos.

Era muito cansativo ficar o dia todo com eles no sol quente. Os outros soldados iam embora no meio expediente, e eu lá ajudando nos treinamentos. Mas eu estava cheio de marra. Um dia, depois de correr com os conscritos do portão das armas até a CEP, dei de cara com o sargento Vieira.

Apresentei a tropa para o sargento Eduardo e saí de perto para ficar do outro lado do agrupamento de conscritos. Quando olhei para o lado, o sargento Vieira se aproximou e perguntou o que eu estava fazendo ali.

— Tô ajudando com a formação dos conscritos, senhor!

— E quem te chamou?

— O tenente Lessa, senhor!

— Por que está me chamando de senhor?

— Para mostrar aos conscritos como se fala com um superior, senhor!

— Então some da minha frente que não quero te ver por aqui, soldado.

Meu sangue ferveu na hora que ele disse aquilo. Minha vontade era pegar ele de porrada na frente de geral. Todos os conscritos me respeitavam, e o cara fazer aquilo era muita sacanagem. Estufei o peito, olhei bem dentro da cara dele e disse:

— Estou a comando do tenente Lessa, senhor! Só posso sair daqui se ele ou se algum superior dele me mandar sair, senhor!

Um dos conscritos riu e o sargento Vieira ficou uma fera. Saiu de perto de mim e foi perguntar do que ele estava rindo.

— Tô rindo, não, SENHOR! Apenas espirrei, SENHOR!

— Tá gritando por que, se estou aqui na sua frente?

— Tô gritando, não, SENHOR! Tô apenas falando alto porque sou vibrador, SENHOR!

O sargento Eduardo falou para o sargento Vieira se afastar, porque a tropa de conscritos estava sob o comando dele. O conscrito deu outro sorrisinho e continuamos a atividade normalmente.

Não conformado, o sargento Vieira foi até o tenente Lessa pedir para me tirar da equipe de formação de recrutas, mas, como não teve argumento suficiente, foi obrigado a me aceitar sem reclamar. Alguns conscritos não aguentaram a ralação e pediram pra sair. Nós precisávamos de pelo menos cem garotos para completar a nova turma do Efetivo Variável.

O mês foi passando e a cada dia eu me sentia mais um soldado antigo. Na guarda, eu tinha o respeito de todos os soldados, cabos e sargentos, e no dia a dia, trabalhar com os novatos me fazia um bem tão grande que minha vida era só alegria.

As coisas só não estavam melhores porque Isabela parecia estar cada vez mais distante. A gente quase não se via ou se falava pelo celular. Ela disse que tinha deixado o telefone cair na água e por isso não estava mais usando o WhatsApp nem o Facebook. Nas últimas vezes em que tirei serviço na guarda durante o mês de janeiro, ela não apareceu pra fazer aquelas visitas especiais.

O Efetivo Variável já estava formado. Sabíamos quem ia nos substituir e agora era só esperar a data da incorporação deles e rezar para não acontecer nada que pudesse prejudicar o meu engajamento.

Descobrimos quantos de nós iam engajar pela nossa companhia em fevereiro. Dos sessenta recrutas que sobraram, só iam ficar treze. Na verdade, dos cem que tinham entrado na CEP naquela turma, um pouco mais de dez por cento ia ficar para contar história.

Começamos a fazer os cálculos. Anselmo com certeza seria o primeiro da lista. Depois vinha o Jeremias, que era um ótimo soldado e entendia tudo sobre montagem de pontes, além de ser irmão de outro soldado antigo que tinha o maior respeito com todo mundo do batalhão.

O terceiro poderia ser o Edevaldo. O cara não era tão vibrador, não era muito bom com as pontes, mas era um gênio nos computadores e, diziam as más línguas, fazia todo o trabalho do sargento que deveria montar as escalas e tocar outros serviços administrativos.

O pessoal que trabalhava na horta era certo de ficar, pois o tenente-coronel subcomandante do batalhão disse que ia engajar todos os soldados que trabalhavam ali. Nessa brincadeira, já eram mais cinco recrutas. Para a nossa sorte, o Félix, que era um bom soldado, aquele das quinhentas flexões, também trabalhava na horta e com isso o engajamento dele ficou incluído naquele número.

Tinham mais cinco para a lista de quem ficaria mais um ano recebendo um salário melhor e trabalhando menos. Talvez eles levassem em conta quem foi pra missão da ponte no Espírito Santo, que inclusive ia ser refeita antes do Carnaval.

O Soró tinha virado atleta do batalhão, mas ficou um mês de detenção porque brigou com um soldado no alojamento e quebrou a cara do sujeito. Porém isso não tirava suas chances. Todos os oficiais e sargentos gostavam dele. O Soeiro era um cara bom, além de Maximiano, Paiva, eu, Freitas, Bezerra, Abreu, A. dos Santos e mais alguns que mereciam de verdade. Tinha também o De Aquino, que de cada dez palavras que ele falava, oito eram gírias e duas palavrões. Tirando isso, o cara também era um bom soldado.

Aquela situação estava me consumindo por dentro. Não conseguia pensar em outra coisa. Sem falar na sumida que a Isabela tinha dado desde que viajara com o pai. Não sei o que eles falaram nessa viagem, mas sei que ela me fazia falta e eu não ia sossegar enquanto não encontrasse com ela e acertasse a nossa situação.

Aproveitei que o sargento Vieira estava de serviço e fiquei na frente da casa dela, escondido do outro lado da rua. Eu até queria bater na porta e perguntar o que estava acontecendo, mas não podia dar mole. Fiquei quase uma hora ali. Ela finalmente apareceu na janela e eu dei um gritão enquanto atravessava a rua correndo entre os carros engarrafados na avenida.

— Tá maluco, garoto? — disse ela, saindo no portão enrolada numa toalha.

— Claro que tô. Você sumiu!

— Meu pai não pode te ver aqui. Vou te ligar depois, do telefone da minha mãe.

— Não, Isabela. Preciso falar com você agora.

— Então entra. Minha mãe foi ao mercado e estou aqui igual uma maluca de toalha no meio da rua.

Olhei para os dois lados e a segui pelo portãozinho de ferro. Apoiei nele um pedaço de madeira para fazer barulho caso alguém o abrisse. Passei pela porta de entrada e fiquei no sofá enquanto ela voltava para o banheiro.

— Vai tomar mais banho, Isabela?

— Não. Tô passando creme nas pernas — ela gritou lá de dentro.

— O quê?

— Creme hidratante.

Enquanto ela falava hidratante, eu levantei do sofá e tentei abrir a porta do banheiro, mas estava trancada e ela deu um grito perguntando se eu estava maluco.

— Tô com saudade.

— Espera aí que já falo com você!

Me recolhi à minha insignificância e voltei para o bom e velho sofá. Meu corpo todo tremia. Parecia adolescente diante da primeira namorada. Eu só pensava nela e no risco que eu corria de ser flagrado dentro da casa do sargento nas últimas semanas que antecediam ao engajamento.

Ela abriu a porta e veio na minha direção ainda de toalha e me chamou para entrar no quarto dos pais dela. Não assimilei bem o que ela queria, mas, assim que passei pela porta, ela me jogou em cima da cama e começou a beijar meu corpo. Meu coração parecia que ia sair pela boca. Peguei ela por trás dos cabelos e a beijei como se fosse a última vez.

Ela parecia possuída. Fiquei até com um pouco de medo das caras que ela fazia. Mas, do jeito que a gente estava, poderia até ser a menina do *Exorcista* que eu só ia sair dali se ela me expulsasse.

Nunca tinha visto ela gemer tão alto. Parecia que ela queria que o batalhão todo escutasse nossa última transa. Ela gritava e me chamava de gostoso. Dizia que ninguém nunca tinha pegado ela daquele jeito, mas era ela que estava me pegando. Quando ela gozou, começou a gritar para eu ir logo, mas eu não conseguia porque estava paralisado com aquilo tudo. Não conseguia relaxar e isso a deixava mais agitada ainda. Era como se ela fosse outra pessoa, totalmente diferente da Isabela que eu conhecia.

Não aguentei mais ficar ali. Fingi que tinha gozado, tirei rapidamente a camisinha vazia, enrolei e a coloquei no bolso junto com a embalagem, para não correr o risco de alguém da casa ver.

Ela nesse momento mudou de novo. Passou a me empurrar, mandando eu sair da casa dela. Me chamou de maluco e começou a jogar a minha roupa pela janela, para o quintalzinho da entrada. Saí colocando a calça e um pé da meia que ainda estavam lá. Catei as roupas do lado de fora enquanto o soldado de plantão gritava e me sacaneava. Corri para o outro lado da rua assustado, sentei no meio-fio e terminei de me vestir, tentando rir da situação mas sem achar muita graça daquilo tudo.

Fui para casa, tomei um banho e contei tudo para a minha irmã, que riu e disse que a Isabela era maluca, mas eu sou mais ainda por não ter percebido que ela era bipolar. Briguei com a minha irmã, falei que a maluca era ela, mas passei a noite toda pensando no que havia acontecido. Eu dizia para mim mesmo que tinha sido bem legal ter ficado com Isabela na cama do sargento Vieira. Que tinha sido muita loucura, e uma forma de mostrar pra mim mesmo que o sargento não era melhor do que eu. Mas algo na minha cabeça dizia o contrário.

Voltei para o quartel no outro dia e não prestei continência para ninguém. Meus últimos dias ali foram como se eu estivesse me formando numa escola em que fui obrigado a aprender coisas que jamais imaginei.

Hoje em dia eu respeito todo mundo como se fossem meus superiores. Prefiro ficar onde estou e saber que sempre posso aprender. Sei que não sou melhor do que as outras pessoas. Sei que a gente às vezes erra.

Quando saiu a lista do engajamento, meu nome não estava lá. Preferi acreditar que ter sido parte de Efetivo Variável me faria mais feliz do que ser um militar. É vida que segue.

Eu estava em forma com meus amigos e, enquanto escutava a fala do capitão Herman, um filme daquele ano passou na minha cabeça.

— SENTIDO!

— FORA DE FORMA...

Meu corpo todo se inclinou pra frente, igual ao do Michael Jackson dançando.

— MARCHE!

ESTA OBRA FOI COMPOSTA PELA ABREU'S SYSTEM EM ADOBE GARAMOND
E IMPRESSA EM OFSETE PELA LIS GRÁFICA SOBRE PAPEL PÓLEN BOLD DA SUZANO
PAPEL E CELULOSE PARA A EDITORA SCHWARCZ EM OUTUBRO DE 2017

A marca FSC® é a garantia de que a madeira utilizada na fabricação do papel deste livro provém de florestas que foram gerenciadas de maneira ambientalmente correta, socialmente justa e economicamente viável, além de outras fontes de origem controlada.